랍비 발터,
아주 특별한 인생을 만나다

* 본문 괄호 안의 글은 모두 옮긴이의 설명입니다.

발터,
아주 특별한
인생을 만나다

발터 로트실드 지음 | 강주헌 옮김

🌱 나무생각

그대의 개안(開眼)을 기다리며

이외수(소설가)

그대에게 책은 어떤 의미로 존재하는가.

어떤 이는 《목민심서》를 라면 받침대로 쓰기도 하고 어떤 이는 《명심보감》을 불쏘시개로 쓰기도 한다. 어떤 이는 프로이트의 이론서들을 베개로 활용하기도 하고 어떤 이는 아인슈타인의 이론서들을 도배지로 활용하기도 한다.

하지만 책은 정신의 양식이다.

물론 책을 정신의 양식으로 취급하지 않는다고 수명이 단축되거나 가산이 기울어지는 불상사를 초래하지는 않는다. 그래서 대부분의 사람들은 필사적으로 책을 읽어야 할 필요성을 느끼지 않는다. 특히 현대인들은 육신의 양식에 대해서는 지대한 관심을 기울이지만 정신의 양식에 대해서는 그다지 관심을 기울이지 않는다.

책의 모양이나 글자들은 눈으로 식별할 수 있지만 책의 가치나 품격들은 눈으로 식별할 수 없다. 인간은 눈으로 식별할 수 없는 것들은 등한시하는 맹점을 가지고 있다.

그러나 명심하라.

눈에 보이지 않는 것들이 눈에 보이는 것들을 지배하나니

진실로 가치있는 것들은 육안이나 뇌안으로는 포착되지 않는다. 심안이나 영안으로만 포착된다. 하지만 책을 읽지 않는다면 어느 천년에 심안이나 영안을 뜰 수가 있으랴.

이제 대학가에서는 서점을 찾아보기 힘들지만 그래도 아직 도처에 서점들은 남아 있다. 그리고 아무나 책을 구입할 수는 있다. 아직은 그런대로 알흠다운 대한민국이라고 생각해도 무방하다.

하지만 아무나 책을 산다고 저절로 정신의 양식을 섭취할 수 있는

것은 아니다. 책은 정신의 양식을 필요로 해서 자신을 펼쳐드는 사람에게만 정신의 양식이 되어 주는 특성을 지니고 있기 때문이다.

예컨대, 두꺼운 전집류나 사전류를 구입해서 서가에 즐비하게 장식용으로 비치해 두고 허영심을 과시하는 사람들이 있다. 그런 사람들은 대개 책을 들추어 본 적이 없으므로 저자도 내용도 전혀 모르는 경우가 대부분이다. 마치 고도리를 치기 위해서 페르시아산 양탄자를 구입해서 장판바닥에 깔아놓고 으스대는 사람과 무엇이 다르랴.

한국 사람들은 새마을 운동 시절부터 잘 살아 보세라는 노래를 입에 달고 살았다. 요즘은 같은 의미로 웰빙이라는 말을 입에 달고 산다.

그런데 어떻게 살아야 정말 잘 사는 것일까.

한국 사람들은 일반적으로 물질적 풍요를 누리고 살면 잘 사는 것으로 간주하는 속성을 가지고 있다. 그래서 부잣집은 무조건 잘 사

는 집이라는 고정관념을 버리지 않는다. 하지만 속된 말로 웃기는 짜장이다. 부잣집이라 하더라도 가족들끼리 재산싸움이나 벌이고 서로 불신 속에서 반목이나 일삼으면서 살아간다면 아무리 재산이 많아도 절대로 잘 사는 집은 아니다.

잘 산다는 말은 행복하게 산다는 말과 동일한 의미를 가지고 있다. 하지만 진정한 행복은 세상의 그 어떤 백화점에서도 판매되지 않는다. 뿐만 아니라 세상의 그 어떤 부자도 돈으로 행복을 구매할 수는 없다.

현대인들은 왜 불행한가.
고도산업사회로 접어들면서 인간은 물질적 풍요를 이루기는 했는데 상대적으로 정신적 빈곤을 불러들이는 결과를 초래했다. 그래서 우울증 환자가 증가하고 자살자가 속출하는 현상에 직면했다. 그 해결책으로 웰빙운동이 일어났다. 그러니까 웰빙운동은 정신과 물질의 균형을 이루어 삶의 질을 향상시키겠다는 의도에서 출발했다. 하지만 현실은 어떠한가. 잘 살아 보세도 웰빙운동도 모두 상업주의에 물들어 공염불이 되고 말았다.

인간은 육체적인 건강과 정신적인 건강이 조화를 이루어야만 행복해질 수 있다. 그런데 수많은 현대인들이 먹고 살기 힘들다는 핑계를 앞세워 육체만 존재하고 정신은 존재하지 않는 듯한 양상을 적나라하게 드러내 보이면서 살고 있다.

밥은 육신의 건강을 유지시켜 주는 양식이고 책은 정신의 건강을 유지시켜 주는 양식이다. 그런데도 현대인들은 책읽기를 게을리한다. 왜 그럴까. 무엇이 진실로 가치있는 것인가를 모르고 있기 때문이다.

갈수록 세상은 각박해지고 갈수록 인생은 척박해진다.

현인들은 그럴수록 책을 많이 읽어야 한다고 충언한다. 그러나 현실은 그 반대다. 갈수록 책 읽는 사람들이 줄어들고 있다.

혈관을 팽창시키는 스포츠. 심장을 오그라들게 만드는 게임. 졸라 환상적인 연기와 졸라 아름다운 영상들이 심장을 녹여 버리는 영화. 골 때리는 사건들과 지랄 같은 인간들이 득시글거리는 텔레비전. 사행심이라는 악마의 손을 잡고 천국과 지옥을 넘나들게 만드는 주식과 펀드. 읽을 때마다 새로운 일탈 새로운 조우를 선물하는 만화. 가증스러운 세상을 돈짝만 하게 만들어 주는 음주가무. 그리고 모든 세포를 노을에 물들게 만드는 주색잡기.

얼마나 많은 소일거리들이 다양하고도 현란한 방식으로 독자들의 의식을 사로잡는가. 빌어먹을. 독자들은 자신도 모르게 현실에 최면당한 채 날마다 책으로부터 멀어져 간다.

여기 유대인으로 태어나 랍비라는 이름으로 한 세상을 산 발터 로트실드의 진실한 기록들을 소개한다. 제목은 《랍비 발터, 아주 특별한 인생을 만나다》이다.

　그는 다양한 사람들을 만났고 그들에게 결코 변하지 않는 사랑과 진실을 발견했다고 주장한다. 그는 자신이 만난 사람들로부터 받은 메시지를 보다 많은 사람들과 공유하고 싶어한다.

　그대는 이 책을 읽으면서 마치 세자르 프랑크의 음악을 처음 들었을 때처럼 혼돈에 빠져들지도 모르겠다. 도대체 그가 무엇을 말하고자 하는지 전혀 간파할 수 없을지도 모른다. 그렇다. 어쩌면 인생은 그렇게 쉽게 정의해 버릴 수 없는 것인지도 모른다.

　책은 읽을 때마다 감동과 여운이 다르다. 같은 책이라도 여름에 읽었을 때 감동과 여운이 다르고 겨울에 읽었을 때 감동과 여운이

다르다. 스무 살에 읽었을 때 감동과 여운이 다르고 서른 살에 읽었

을 때 감동과 여운이 다르다. 인생의 진정한 의미를 생각하면서 몇

번이고 이 책을 곱씹어 보면 어느 순간, 심안과 영안이 개안된 그대

자신의 모습을 발견하게 될지도 모른다.

나지막하고 작은 목소리를
놓치지 말라

나는 영국 북부의 조그만 유대인 마을에서 자랐다. 거의 모두가 영어를 쓰긴 했지만 독일식 억양은 그대로 살아 있었다. 마을 사람들 이름도 내가 학교에 다니면서 만난 사람들의 영어식 이름과는 사뭇 달랐다. 어렸을 때는 정확히 몰랐지만, 그곳은 유대인 난민촌이었다. 전쟁에서 살아남은 사람들과 피난민들은 모든 것을 다시 시작해야 했지만, 과거의 기억까지 완전히 잊지는 못했다.

공부에 전념해 랍비가 된 후에야 나는 그런 사람들의 인도자 노릇을 해야 한다는 것을 깨달았다. 나는 망명을 택해 피신하지는 않았지만 소수라는 굴레를 벗어나지 못한 영국계 유대인들과 일했다. 그리고 유대인에 관심을 가진 비유대인들, 또한 랍비가 신부나 목사처럼 어떤 의문에 답을 줄 수 있으리라 생각하는 비유대인들과도 일했다.

유럽에서 나와 함께 일한 사람들은 추방당하거나 망명했지만 다시 돌아온 사람들이었다. 적어도 몸뚱이는 고향에 돌아온 사람들이었다. 그들은 태어난 나라에서 다시 살게 됐지만 예전에 그들이 살던 나라와는 완전히 달랐다. 또 과거의 사건에 직접적 혹은 간접적으로 관련 있는 사람들도 있었다. 영국과 유럽의 기록에서 다른 점이 있다면, 영국의 기록은 '거기'에서 사라지고 싸우고 죽은 사람들을 다룬 반면, 유럽의 기록과 회고록은 '여기'에서 죽어간 사람들의 것이라는 점이다.

나는 많은 사람들과 이야기를 나누었다. 그래서 많은 이야기를 들었다. 대다수의 이야기가 내 기억에 저장됐고, 내게 두려움과 걱정을 안겼으며, 때로는 밤잠을 설치게도 했다.

또 이상한 사건을 경험하기도 했다. 결코 일어날 수도 없고, 일어나지 않았어야 할 사건들이었고, 우연의 일치였을 거라고 가볍게 넘길 수도 없는 사건들이었다. 또한 존재하지 않는 목소리를 들었고, 어디에도 없던 것들을 보았다.

랍비로서 나는 이야기의 내면까지 들여다보고 글과 글 사이, 또 행과 행 사이에 감추어진 것을 보라고 배웠다. 달리 말하면, 항상 다른 면을 눈여겨보라는 가르침을 받았다. 선지자 엘리야처럼 나지막하고 작은 목소리도 놓치지 말라고 배웠다.

이런 관점에서 이 책의 이야기들은 씌어졌다. 이 이야기들은 모두 '사실'이다. 내가 모든 이야기를 듣고 다시 정리했다는 점에서 분명한 '사실'이다. 그러나 어떤 이야기는 완전히 '허구'이고, 어떤 이야기는 내 경험이나 동료들의 경험을 바탕으로 다시 쓴 것이란 점에서는 '혼합물'이다. 또 어떤 경우이든 사건을 바람직한 방향으로 변형시켰기 때문에, 이 이야기를 읽는 독자는 실제 주인공이 누구인지 알 수 없을 것이고, 당사자도 자신의 이야기가 곡해됐다고 느끼지 못할 것이다.

오랫동안 많은 사람들과 어울려 지낸 사람이라면 세상에서는 온갖 기이한 사건이 벌어진다는 사실을 알고 있을 것이며, 기이하다는 이유로 사실이 아니라고 단정 지을 수 없다는 것도 깨달았을 것이다. 특히 유대인 공동체에서 일한 적이 있는 사람이라면, 유대인들의 다양한 범죄와 결함, 그들의 삶에서 엿보이는 공백기, 공동체 차원에서 벌어지는 내적인 갈등 등을 목격했을 것이다. 결코 해답을 찾을 수 없는 미스터리이고, 결코 해결할 수 없는 갈등이다. 그런 이야기들의 일부를 여기에서 소개하려 한다.

그러나 나머지는 환상이다. 또 환상이어야만 한다.

랍비 발터 로트실드
베를린.

1. 삶

2. 죽음

3. 믿음

4. 사랑

5. 희망

6. 놀라움

7. 기억

정확히 이틀 후, 전화가 걸려왔다. 피오트르비치가
세상을 떠났다는 전화였다. 그는 죽은 것이 아니었
다. 고향으로 돌아간 것이었다. 내게 그의 히브리
이름을 남기고…….

1. 삶

성인식을 치른 노인

늙은 피오트르비치는 우리 공동체에서 약간 색다른 사람이었다. 오래전부터, 그러니까 내가 태어나기 전부터 공동체의 일원이었지만, 회원 명부에 이름만 올려놓은 사람 중 하나였다. 대부분의 공동체가 그렇듯이 우리 공동체에도 그런 사람이 많았다. 특히 마을 밖에서 사는 사람들이 그랬다.

그런데 어느 날, 피오트르비치가 전화를 걸어 내가 방문해 주기를 바란다는 뜻을 전해 왔다. 그래서 나는 드라이브를 할 좋은 핑계거리가 생겼다고 생각하며, 그가 살고 있는 마을까지 차를 몰고 나갔다. 약 30킬로미터 떨어진 언덕에 위치한 마을이었다.

그곳까지의 드라이브는 상쾌했지만, 목적지는 한때 탄광이었던 곳으로 더럽고 황폐한 마을이었다. 피오트르비치는 낡은 도자기 찻잔과 비스킷까지 준비해 놓고 나를 기다리고 있었다. 그는 거의 백발의 노인이었는데, 절름거리며 느릿하게 걸었다.

"제가 랍비입니다. 전에 만나 뵌 적이 없는 것 같군요."

"그렇습니다, 한 번도 만나 뵌 적이 없습니다. 나는 회당에 나가지 않거든요. 하지만 물어보고 싶은 게 있어 뵙자고 했습니다."

"말씀해 보십시오."

"나는 성인식을 치르지 않았습니다. 그런데 당신은 원하는 사람이 있으면 나중에라도 성인식을 집전해 준다는 이야기를 어딘가에서 들었습니다."

"그렇습니다, 물론입니다!"

나는 갑자기 신이 났다. 그것은 내가 지난 수년 동안 여러 사람에게 넌지시 알렸던 생각이었다.

"엄밀히 말하면, 정상적인 나이에 성인식을 치러야 합니다. 하지만 어떤 이유로든 성인식을 치르지 않았고 《토라》(유대교의 경전, 구약성서의 첫 다섯 편으로 유대교에서 가장 중요한 문서)를 읽지 않았다면, 원하실 때 언제라도 치를 수 있습니다."

그러나 그가 말했다.

"그 말을 들으니 안심이 되는군요. 나는 지금이라도 성인식을 치르고 싶습니다."

"그럼 성인식을 치를 적당한 시간을 결정하고, 《토라》에서 읽을 부분도 고르고, 또 당신을 위해 기도할 거리도 알아봐 드릴 수 있습니다."

"그럴 필요는 없습니다. 나는 모든 걸 배웠습니다. 무엇을 언제 해야 하는지 훤히 압니다."

나는 약간 놀라는 표정을 지어 보였다. 여하튼 내가 회당에서 그를 본 적이 없는 것만은 확실했다.

그가 낡아 빠진 팔걸이 의자에 등을 기대앉으며 다시 말했다.

"그럴 만한 이유가 있습니다. 나는 오래전부터 여기에서 살았습니다. 1946년에 영국으로 건너와서 여기에 정착했지요. 그때부터 탄광이 문을 닫을 때까지 탄광에서 일했습니다. 내 다리가 성치 않은 걸 봤을 겁니다. 수직굴에서 떨어지는 사고가 있었거든요. 그 이후로 탄광이 폐쇄될 때까지 이곳을 떠날 이유가 없었습니다. 여기는 물론이고, 이 땅 어디에도 가족이라곤 없거든요. 그래서 내가 지금 있는 곳에 눌러앉는 게 낫다고 생각했던 겁니다. 몇 년 전에는 회당에 나간 적도 있습니다. 그런데 이상하게도 회당에 나간 이유가 도무지 기억나지 않습니다. 하지만 지금도 회보를 받아보고 열심히 읽고 있습니다. 그리고 이제 지금껏 미루었던 것을 할 때가 됐다는 생각이 들더군요."

"제가 도울 수 있는 일이라면……."

내가 말을 떼기 무섭게, 그는 손을 저으며 내 말을 막았다.

"그런 말은 고맙지만 당신이 도와줄 건 별로 없습니다. 하지만 내 이야기를 좀 더 들어주면 좋겠습니다. 그렇지 않으면 당신이 이해하기 힘들지도 모르니까요. 나한테 정말 필요한 건 성인식입니다. 나는 믿음도 깊지 않았고, 종교라는 것에 별다른 관심도 없었습니다. 그렇다고 지금까지 줄곧 그랬다는 건 아닙니다. 여하튼 이제 와서 내 뿌리로 돌아가려니까, 당신들 랍비의 말로 하면, 고향으로 돌아갈 준비를 하려니까 내 마음을 무겁게 짓누르는 게 있더군요. 그 부담감을 해결하고 싶은 겁니다. 전에는 이런 말을 해본 적이 없었는데……. 그런데 이제 때가 된 것 같습니다.

전에는 꽤 오랫동안 야르자이트(유대교에서 부모나 가까운 친척의 기일) 기도는 빼놓지 않았습니다. 한 번도! 여기에 와서는 나 혼자서 했습니다. 촛불을 켜놓고. 자콜 안식일(부림 축일 전의 안식일)에도 그 기도를 합니다. 내가 살던 마을이 쑥대밭이 된 날이거든요. 고향에 돌아갈 수만 있다면……. 생각해 보니까, 그래서 몇 년 전에 회당에 나간 것 같군요. 그후로는 그 날을 잊지 않으려고 회보가 필요했던 겁니다."

폴란드계 유대인이 형체도 없이 사라진 고향을 그리워하며 요크셔의 탄광촌에서 촛불을 켜놓았다고 생각하니 야릇한 기분이 들었다.

"독일군들이 그날 우리 마을에 들이닥쳤습니다. 아침이었죠. 우리 모두가 회당에 모여 안식일 기도를 시작할 때 탱크 소리가 들렸습니다. 아버지가 내게 문으로 나가 집으로 돌아가라고 나지막하게 말하더군요. 나는 왜 그러냐고 물었습니다. 아버지는 느낌이 안 좋다며, 빨리 집으로 가라고 말했습니다. 그래서 나는 옆문으로 나가 마당에 있는 변소에 숨었습니다. 회당 밖에는 벌써 트럭과 군인이 많았거든요. 나는 벽돌담 틈새로 군인들의 철모 같은 것들을 볼 수 있었습니다. 화창한 봄날이었습니다. 부림 축일(유대력으로는 6월 14일, 태양력으로는 3월경)을 며칠 남겨두지 않은 날이었습니다. 사실 며칠 전부터 독일군이 들이닥칠 거란 소문이 있기는 했지만, 그렇게 기습적으로 쳐들어올 줄은 몰랐습니다……."

그는 말을 멈추고 찻잔을 내려다보았다. 그리고 무심코 찻잔을 돌렸다. 시계 반대 방향으로! 따지고 보면, 그것도 이상한 버릇이었다.

"그리고 꽝 소리가 들렸고, 회당 출입문과 벽이 무너졌습니다. 군인들이 마구 밀려 들어왔습니다. 그들은 주된 건물을 빙 둘러싸고 샅샅이 뒤지기 시작했습니다. 하지만 변소와 작은 창고는 들여다보지 않더군요. 당신도 알겠지만, 우리 회당도 목조 건물이었습니다. 바람이 불면 삐걱거렸고 바람이 술술 들어왔지만, 그래도 무척 아름다운 건물이었습니다. 송진 냄새와 촛불 냄새가 은은히 풍겼죠. 지금도 그 냄새를 잊을 수 없습니다……. 잠시 후 장교인 듯한 사람들이 나타났습니다. 번쩍거리는 군화가 자갈을 밟을 때마다 삐삐거리는 소리가 났습니다. 나는 변소 지붕 아래에 몸을 잔뜩 웅크리고, 틈새로 모든 걸 지켜보았습니다."

그가 다시 말을 멈추었다. 허공을 멍하니 쳐다보며 찻잔을 빙글빙글 돌렸다.

"그들은 우리 회당에 불을 질렀습니다. 사람들을 안에 가둬둔 채로 말입니다. 뭔가로 문을 못 열게 해놓고 석유를 끼얹었습니다. 보지는 못했지만 누군가가 성냥불을 던졌는지 건물이 갑자기 활활 타올랐습니다. 순식간에! 아버지와 어머니, 형과 두 누이, 삼촌과 숙모…… 모두가 건물 안에 있었습니다. 할머니와 회당장, 초등학교 친구들까지 모두…… 모두가 건물 안에 있었습니다. 나만 빼놓고. 그들은 나 때문에 거기에 있었던 겁니다."

"당신 때문이라니요?"

그가 너무 실감나게 말해서 내 입이 바싹바싹 마를 정도였다.

"예, 나 때문이에요. 내가 성인식을 하기로 한 날이었거든요. 그날 안식일에요. 나는 모든 준비를 끝냈습니다. 회당장에서 마프티르(안식일이나 유대교의 예배에서 낭송되는 《토라》)와 하프타라(안식일과 축제일의 아침예배 때 회당에서 낭송되는 예언서들의 일부) 등 모든 걸 배웠습니다. 어머니는 빵을 구웠고요. 그날 나는 새 옷을 입고 새 구두를 신었습

니다. 그런데 갑자기, 느닷없이 그런 일이 닥친 겁니다.

나는 변소 지붕 아래에 웅크리고 앉아 비명소리를 들었습니다. 목조 건물이 무너지는 날카로운 소리를 들어야 했습니다. 불꽃이 활활 타오르는 소리와 비명소리를 듣고만 있어야 했습니다……. 순교자들은 그런 때도 찬송가를 부른다는 이야기를 들었습니다. 아니 마민('나는 완전한 믿음으로 믿습니다' 라는 뜻으로 13줄로 된 기도문)이나 셰마(유대인이 매일 아침저녁으로 암송하는 기도문)를 읊조린다는 이야기를 들었습니다.

랍비님, 실제로는 그렇지 않습니다. 그들은 비명을 지를 뿐이었습니다. 나는 귀를 막고 싶었습니다. 그들의 비명에서 누구의 목소리인지 알 것 같았으니까요. 연기가 피어오르면서 지독한 냄새가 코를 찔렀습니다. 종이가 타고, 나무가 타고, 옷이 타는 냄새, 그리고 살이 타는 냄새였습니다. 그 시간이 얼마나 계속됐는지는 지금도 모르겠습니다. 나는 눈을 감아버렸습니다. 숨이 막혀 질식할 것만 같았습니다. 하지만 움직이지 않고, 소리도 내지 않으려고 애썼습니다. 본능이었습니다. 예, 본능이었습니다. 어쩌면 의식을 잃었는지도 모르겠습니다. 아마 그랬을 겁니다. 눈을 뜨니까 사방이 컴컴했으니까요. 저녁이었습니다. 그게 안식일의 축복이었습니다.

매케한 냄새는 여전했지만 사방이 조용했습니다. 나는 지붕에서 내려와 밖으로 나왔습니다. 그리고 죽어라고 달렸습니다. 회당은 쳐다보지도 않았습니다. 그런데 독일군들이 우리 마을 전체를 불태웠다는 걸 그때서야 알았습니다. 그런데 무슨 이유인지 회당 옆의 오두막과, 마을 끝에 있는 농가는 멀쩡했습니다. 농가 옆의 석조 건물들도 새까맣게 불탔는데 말입니다. 여하튼 대부분의 집이 사라지고 없었습니다. 가축들은 모두 끌고 간 듯했습니다. 조용했습니다. 적막감이 흘렀습니다. 지독히 조용했습니다."

그는 침을 꿀꺽 삼키고는 계속해서 말했다.

"나는 잠시 몸을 감추고 쉬었습니다. 그리고 고향을 떠났습니다. 그후로는 무작정 걸었습니다. 어느 날 나는 숲에 도착했고, 우연히 빨치산을 만났습니다. 거기서도 나는 운이 좋았습니다. 그들은 유대인을 좋아하지 않아 유대인을 죽이곤 했습니다. 하지만 그때 나는 열세 살이었고 튼튼해서, 내 몸은 너끈하게 챙길 수 있었습니다. 그리고 1946년에 영국에 가는 사람들을 만났습니다. 일자리를 구하러 간다고 하더군요. 나도 그들과 함께 영국에 못 갈 이유가 없었습니다. 그곳에 내 것이라곤 없었으니까요.

여기에서도 내가 많은 걸 가진 건 아닙니다. 물론 탄광 목욕탕에서는 내가 유대인인 걸 감출 수 없었습니다. 할례를 받은 흔적을 감출 수야 없지 않습니까. 하지만 나는 아무 말도 하지 않았습니다. 누구도 그에 관해서 말하지 않았습니다. 나는 묵묵히 일만 했습니다. 하느님에게 소리치지도 않았고, 하느님을 원망하지도 않았습니다. 솔직히 말해서, 하느님을 그냥 무시했습니다. 하느님과 관련된 모든 것을 무시했습니다. 종교요? 완전히 담을 쌓아버렸습니다. 그런데 지금은……."

차가 식었다. 비스킷은 건드리지도 않았다. 나는 어색한 침묵을 끊으려고 "그런데 지금은요?"라고 물었다.

"이제라도 성인식을 치르고 싶습니다. 정식으로. 나는 성인식을 치르지 못했으니까요. 이제라도 가능하다면 성인식을 치르고 싶습니다. 그래서 당신을 이 누추한 집까지 부른 겁니다. 성인식을 마련해 줄 수 있겠습니까?"

나는 일지를 훑어보았다. 그가 "자콜 안식일이면 좋겠습니다."라고 말했다. 물론 그는 폴란드계 유대인의 억양으로 말했다. 나는 그가 많은 걸 기억하고 있어 깊은 인상을 받았다. 일지에서 그날의 계획을 살펴보았다. 자콜 안식일까지는 6주나 남아 있었고, 그 주말에 별다른 일이 없었다. 성인식도 없었고, 아우프루프 의식(신랑이 그의 결혼식 전 안식일에 《토라》를 읽는 의식)도 없었다.

"괜찮습니다. 훌륭한 성인식이 될 겁니다."

그는 다시 등을 기대앉으며 긴 한숨을 내쉬었다. 그가 그 끔찍한 이야기를 하면서 무척 긴장했다는 걸 충분히 짐작할 수 있었다.

"그런데 랍비님, 옛날 회당장에게서 배운 후 많은 시간이 흘렀지만 모든 걸 기억하긴 합니다. 준비할 게 또 있습니까?"

나는 볼펜을 꺼내 그 날짜에 표시를 하며 대답했다.

"먼저 히브리식 이름을 알아야 합니다."

"멘델 벤 요시프 리브라고 합니다. 탈리트(기도할 때 쓰는 숄)가 없는데 괜찮겠습니까?"

"걱정하지 마십시오. 여분으로 많이 갖고 있습니다. 그런데 회당에는 어떻게 오시겠습니까?"

"아, 그건 걱정 마세요. 시간에 맞춰 도착하겠습니다. 키두쉬(안식일이나 축제일에 포도주와 빵을 통해서 신을 찬미하는 기도)에 필요한 건 회당에서 준비해 줄 수 있겠죠? 비용은 내가 부담하겠습니다. 나를 위한 것이니 내가 부담을 해야지요."

"좋습니다."

이때까지는 내 귀를 별로 의심하지 않았다. 그런데 노인은 갑자기 활기를 띠면서 사무적으로 변했다.

"10시 30분에 시작하지요? 시간에 맞춰 도착하겠습니다. 자콜 안식일에. 그런데 부탁할 게 또 하나 있습니다. 초대할 사람이 좀 있습니다. 앞에 두 줄을 비워주실 수 있습니까? 키두쉬에서도 테이블 하나를 마련해 주십시오."

나는 잊지 않으려고 기록해 두며 대답했다.

"예, 그렇게 해드리겠습니다."

"그리고 내가 지금까지 말한 걸 누구에게도 말하지 말아 주십시오. 절대로!"

"알겠습니다."

회당에 돌아오자 두 통의 전화가 걸려와 있었다. 그러나 그게 전부였다. 늙은 피오트르비치는 성인식을 치르고 싶어 했다. 어린 시절에 성인식을 치르지 못했기 때문이었다. 물론 전쟁 탓이었다. 그런 사례는 많았다. 숨기고 싶은 이야기와 잃어버린 어린 시절을 가진 회원이 적지 않았다. 그렇게 6주가 흘렀다.

마침내 그날이 왔다. 나는 그가 정말로 회당에 나타날지 확신할 수 없었지만 만반의 준비를 갖추었다. 수요일 저녁에 전화를 걸었을 때 그는 틀림없이 참석할 거라고 다짐했고, 기대가 크다고 덧붙이기도 했었다. 회당 관리위원들은 일반적인 키두쉬를 마련했고, 그가 데려올 손님까지 예상해 케이크를 넉넉하게 준비했다. 그렇게 우리는 모든 준비를 끝냈다.

그는 약속대로 회당에 나타났다. 그날 아침 내가 차를 주차하고 나오니, 그는 이미 회당 문 앞에 서 있었다. 회색 정장에 가벼운 외투까지 입고 지팡이에 의지해 서 있었다. 나와 악수를 하며 "나는 준비가 됐습니다."라고 말했다. 의외로 손아귀 힘이 강했다. 나도 준비를 끝냈다고 말했다. 내 경험에 의하면 성인식을 앞둔 사람이 그렇게 자신감을 보이는 경우는 무척 드물었다. 그러나 그는 내 눈을 똑바로 쳐다보고 가벼운 미소까지 지으며 말했다.

"랍비님, 내가 괜히 오만을 부린다고는 생각하지 마십시오. 옛날에 회당장에게서 모든 걸 배웠습니다."

평소 토요일만큼 신도들이 모였다. 다른 특별한 손님을 찾아보았지만 어디에도 보이지 않았다. 관리위원들이 노인의 요구대로 앞 두 줄을 '예약석'으로 할애했지만, 그 자리는 텅 비어 있었다. 그러고

보니 나는 노인에게 누구를 초대할 거냐고 물을 생각을 하지 않았었다. 그가 동네 사람들을 데려올 거라고 지레짐작하고 신경조차 쓰지 않았던 것이다. 여하튼 피오트르비치는 언제나 첫 줄에서 통로 쪽 끝에 앉았던 사람처럼 느긋하고 편한 표정이었다. 그는 허리를 꼿꼿이 펴고 똑바로 앉아 있었다. 한 손에 〈시두르〉(유대교의 기도서)를 쥐고, 우리에게 빌린 탈리트를 어깨에 얹은 채로. 역시 우리에게 빌린 키파(유대인 남자나 소년이 쓰는 골무형의 모자)를 머리에 쓰고 있었다.

　내 어머니의 표현을 빌면, 나는 '마음이 뒤숭숭' 했다. 불안하고 초조했다. 그러나 예배는 일사천리로 진행됐다. 우리는 두루마리 두 개를 준비해서, 베이커 씨를 선두로 회당 안을 한 바퀴 돌았다. 모든 것이 평소처럼 진행됐다. 나는 〈시드라〉(안식일에 낭송하는 《토라》)를 읽었고, 모두가 일어서서 뒤따라 낭송했다. 그리고 두 번째 두루마리를 읽을 차례가 됐다. 나는 전날 〈신명기〉 25장을 미리 준비해 두었다. 부림 축일 전의 안식일에 추가로 읽는 특별한 기도문이었다. 그리고 "성인식을 치를 사람, 멘델 벤 요시프 리브, 일어서 《토라》 앞에 오라!"고 외쳤다. 신도들이 웅성거렸다. 늙은 피오트르비

치는 지팡이를 짚고 일어서서, 옆의 빈자리에 꾸벅 인사를 하는 듯
했다. 그러고 나서 천천히 연단에 올라와 내 옆에 섰다. 그의 결연한
의지가 내 몸까지 느껴졌다.

그는 탈리트를 쓴 채 두루마리를 만졌고 입맞춤까지 했다. 그리고
투박한 폴란드 억양으로 기도문을 읊었다. 몸을 약간 앞으로 기울여
눈을 가늘게 뜨고, 내가 《토라》에서 짚은 부분을 큰 소리로 또랑또
랑 읽기 시작했다.

"아멜렉이 행한 일을 기억하라……."

짤막한 세 절에 불과했지만, 반드시 기억해야 할 명령이었다. 우
리 적이 과거에 우리에게 어떤 짓을 했는지 결코 잊어서는 안 될 명
령이었다. 이런 이유에서 우리는 그 강력한 세 절을 부림 축일 전에
읽었다. 그때 우리가 어떻게 승리했는지 기억하기 위해서!

그는 세 절을 읽고 나서 두루마리에 입을 맞추었고, 눈을 감고 마
지막 축복 기도를 중얼거렸다. 그러고는 환한 얼굴로 첫 줄을 바라
보며 말했다.

"아빠, 잘했죠? 엄마, 잘했죠? 내가 자랑스럽지요?"

또 내게 한 발짝 떨어져 오른쪽을 바라보며 말했다.

"보셨죠, 회당장님? 제가 하나도 잊지 않았습니다."

그러고 나서 축복을 받는 것처럼 고개를 조아렸다. 나는 그 자리
에 뿌리가 내린 것처럼 꼼짝도 못하고 서 있었다. 나는 그를 위해 특
별한 기도와 성인식을 위한 축복 기도까지 준비해 두었는데, 그는

지팡이를 짚고 연단을 내려가 자리에 돌아가 앉았다. 그의 식구들과 함께.

나는 예배에서 남은 부분을 진행했지만 어떻게 그 시간을 끌어갔는지 기억조차 나지 않는다. 그저 자동인형처럼 〈하프타라〉를 읽었고, 축복 기도를 했으며, 성궤를 닫고 〈알레이누〉(예배의 끝에 낭송되는 기도문)를 낭송했다. 그리고 부림 축일을 위한 특별 예배가 있을 거라고 공고했다. 그는 키두쉬에 참석하려고 끝까지 자리를 지켰고, 몇 번이나 큰 소리로 "아멘!"이라 외쳤다.

키두쉬 시간에 나는 여러 사람 앞에서 성인식을 치른 피오트르비치에게 칭찬의 말을 아끼지 않았다. 물론 나는 그를 히브리 이름으로 불렀다. 그는 기쁜 표정을 지었지만 아무 말도 하지 않았다. 내가 음식을 위한 기도를 끝내자, 그는 접시에 케이크를 가득 담아 가지고 예약석에 가서 앉았다. 누구도 그에게 참견하지 않았다. 우리는 그를 방해하지 않으려고 음식이 차려진 테이블에 둘러서서 나지막하게 이야기를 나누었다.

회당 관리위원들이 컵과 접시를 챙기며 달그락거리기 시작하면서 분위기가 바뀌었다. 나는 그를 찾아가 행운을 빌어주고, 어떻게 집에 가겠느냐고 물었다.

"걱정 마십시오, 랍비님. 1시에 택시 예약을 해뒀습니다. 집에 곧바로 갈 겁니다."

1시 5분 전이었다. 나는 출입문으로 가서 밖을 내다보았다. 정말 택시가 밖에서 기다리고 있었다. 그가 지팡이와 외투를 집어 들었다. 내게 악수를 청하며, 뜻 깊은 날을 마련해 줘서 고맙다고 인사했다. 그리고 그는 떠났다.

정확히 이틀 후, 전화가 걸려왔다. 피오트르비치가 세상을 떠났다는 전화였다. 그는 죽은 것이 아니었다. 고향으로 돌아간 것이었다. 내게 그의 히브리 이름을 남기고…….

헤티의 아이들

헤티 시몬즈는 과부였는데, 회당에서 그리 멀지 않은 곳에 살았다. 내가 그 회당에 부임하고 얼마 되지 않았을 때 그녀의 집을 방문하기로 했다. 신도들, 특히 예배에 참석하지 않는 신도들을 만나러 다니는 것도 내 역할의 하나였다.

언덕 중간쯤에 있는 헤티 시몬즈의 아담한 집은 티 하나 없이 깨끗했고, 현관 앞에 작은 정원까지 있었다. 살림을 무척 알뜰하게 꾸려가는 여자였다. 미리 전화를 해두었기 때문인지 헤티는 도자기 찻주전자에 차를 준비해 두었고, 물결무늬의 찻잔 받침이 있는 작은 찻잔과 집에서 직접 만든 스펀지 케이크까지 내놓았다. 우리는 의례적인 인사말부터 나누었다. 헤티는 내게 이 마을이 마음에 드느냐고 물었고, 공원과 쇼핑센터에 대해서도 이야기를 주고받았다. 또 그녀가 어렸을 때의 마을 모습에 대해서도 약간 이야기를 했다. 머릿속에 저장된 그런 소소한 기억들이 그녀에게는 큰 위치를 차지하고 있는 듯했다.

벽난로 선반과 책꽂이, 또 창문 옆에 놓인 탁자에는 많은 사진이 놓여 있었다. 나는 사진 하나를 집어 들었다. 고불거리는 갈색 머리카락에 꼭 끼는 스웨터를 입어 가슴이 도드라져 보이는 젊은 여자의 사진이었다. 내가 사진 속의 여자가 누구냐고 공손히 물었다.

"내 딸, 로즈메리예요. 꽤 오래전에 찍은 사진이에요."

그리고 그녀는 작은 사진들을 가리키며 말했다.

"얘들은 외손자들이에요. 사만다, 로버트, 에드워드. 그리고 저기에 있는 애들은……."

그녀는 창문 아래의 탁자에 놓인 사진을 가리켰다.

"친손자들이고요. 큰아들인 마이클의 아이들이지요."

그런 다음 다시 사진 둘을 집어 들며 덧붙였다.

"제럴딘과 저스틴이에요."

정말 사진이 많았다. 모든 사진들이 반들반들 빛이 났다. 갓난아기, 아장아장 걷는 아이, 좀 큰 아이……. 모두가 건강하고 행복해 보였고, 똑똑해 보였다. 나는 칭찬의 말을 하지 않을 수 없었다. 헤티는 빙그레 미소를 지으며 말했다.

"그래요, 모두가 예쁘고 사랑스러워요. 정말 모두를 사랑해요, 랍비님. 어떻게 이 아이들을 사랑하지 않을 수 있겠어요. 저는 정말 축복받은 사람이에요."

우리는 아이들에 대해 좀 더 이야기를 나누었다. 마이클은 변호사였고, 로즈메리는 대학에서 식물학을 공부하고 출판업자와 결혼해 살고 있었다. 손자들에 대해서도 이야기를 나누었다. 여하튼 작은 사진 속에 담긴 작은 사람들에 대해 조금씩은 이야기를 나누었다.

나는 사무실에 돌아와, 기억에 떠오르는 대로 몇몇 이름과 관련된 사항을 카드에 써서 보관해 두었다. 그후에도 나는 헤티의 집을 두세 번쯤 더 방문했는데, 그때마다 똑같은 차와 케이크를 대접받았고, 손자들에 대해 많은 이야기를 들었다.

어느 날, 헤티가 성 요셉 병원에 입원했는데 중태라는 전화가 걸려왔다. 유난히 약속이 많아 바쁜 한 주였다. 도시 밖으로 나갈 일까지 있었다. 나는 스케줄을 정리하며 병원에 달려갈 시간을 마련하려 애썼다. 하지만 너무 늦고 말았다. 너무나 급작스럽고 예기치 못한 소식이었다.

장례식을 준비하기 위해 허겁지겁 병원에 도착하자, 간호사들은 내게 시몬즈 부인이 가족에 대해서는 많은 이야기를 했지만 자신의 신상에 대해서는 거의 말하지 않았다고 했다. 그런데 하루가 지나고 이틀이 지나도 가족에게서는 아무런 연락이 없었다. 나는 사무실로 돌아가, 당시 내 비서였던 자네트에게 서류철에 있는 가족들의 전화번호를 준비해 달라고 부탁했다. 자네트는 캐비닛에서 두툼한 서류

철을 꺼내왔는데, 그 안에는 상당히 오래된 서류들이 있었다. 헤티는 이곳 회당의 창립 회원이었다. 그런데 헤티의 서류철에는 색 바랜 등록지와 서너 장의 편지가 전부였다. 히브리 이름도 없었고, 헤티의 신분을 짐작할 만한 서류는 아무것도 없었다. 자식들과 그들의 주소에 대한 기록도 없었다. 기가 막혔다! 나는 부랴부랴 옛 회원들과 친목회를 운영하고, 우리 회당의 만물박사인 줄리에게 전화를 걸었다.

"줄리? 랍비입니다. 혹시 헤티의 가족에 대해 좀 아십니까? 내 기록에는 마이클이란 이름의 아들하고, 로즈메리란 딸이 있는데요. 그런데 그들과 연락할 방법이 없습니다. 서류철에 아무런 기록이 없어요."

줄리는 말이 없었다. 한참 후에야 줄리는 천천히 입을 열었다.

"랍비님, 내 생각엔 랍비께서 잘못 아신 것 같습니다."

"아닙니다. 내가 몇 번이나 헤티의 집을 방문했고, 그때마다 헤티는 자식과 손자들에 대해 이야기를 했습니다. 그런데 내가 미처 그들이 어디에 살고, 연락처가 무엇인지 묻는 걸 잊었습니다."

"랍비님, 알겠어요. 지금 회당에 계신가요? 내가 곧 가겠습니다."

나는 어리둥절했다. 하지만 처리할 일이 많아 신경 쓸 겨를이 없었다. 15분쯤 지나 줄리가 나타났다.

"랍비님, 헤티 시몬즈는 루이스란 남자와 결혼했습니다. 루이스는 휴렛에서 일했고, 24년 전에 죽었어요. 그들 사이에 자식은 없었고요. 그런 말을 듣지 못했나요?"

"금시초문인데요. 그럼 대체 마이클은 누굽니까? 로즈메리는요?"

"모두 헤티가 지어낸 이야기예요. 헤티에게 자식은 없었어요."

"하지만 사진은 뭡니까? 사진이 무척 많았는데!"

줄리가 코웃음을 웃었다.

"랍비님, 그 사진들을 자세히 보셨나요? 모두 카탈로그에서 오려낸 거예요. 멋지기는 했지요. 그래요, 헤티는 그 사진들을 정말 좋아했어요. 나도 친목회 일로 헤티의 집에 갈 때마다 그 사진들을 봐야 했어요. 하지만 잡지와 카탈로그에서 오려낸 사진이란 걸 금세 알아봤어요.

헤티는 정말 그 사진 속의 사람들과 함께 살았어요. 해가 갈수록 그 사진 속의 사람들도 나이를 먹었지요. 헤티는 갓난아기 사진부터 시작해서, 아장아장 걷는 아기까지 모았어요. 그 사진 속의 사람을 아들로 삼았고, 딸로 삼았어요. 심지어 부모까지요. 그리고 모든 사진을 액자에 곱게 간직했고, 한 사람 한 사람에 대한 이야기까지 꾸몄어요. 그들이 어떻게 자랐고, 무슨 일을 하는지도요. 헤티가 감기에 걸리면 그들도 감기에 걸렸어요. 헤티가 휴가를 떠나면 그들도 휴가를 떠났고요. 한마디로, 헤티는 지난 20여 년 동안 꿈의 세계에서 살았던 거예요. 그 사진들과 함께."

나는 벽난로 선반과 창문 아래 탁자에 놓인 사진들을 생각하자 어안이 벙벙했다.

"로즈메리와 마이클, 저스틴, 사만다…… 모두가 그렇단 말입니까?"

"이야기를 짜맞춘 거지요. 하지만 헤티는 행복했어요. 그래서 누구도 헤티에게 거짓말하지 말라고 하지 못했어요. 그렇지 않겠어요? 헤티에겐 가족이 필요했어요. 그래서 가족을 만들었어요. 머릿속으로! 랍비님, 그러니 헤티의 장례식에 올 가족은 없습니다."

줄리의 말이 맞았다. 헤티의 장례식에는 친목회원 둘과 몇몇 노인이 참석했을 뿐이었다. 자식도 없었고 손자도 없었다. 다행히 나는 그 비밀스런 이야기를 줄리에게서 들었기 때문에 헤티가 사랑했던 가족에 대해 언급하며 웃음거리가 되는 일을 피할 수 있었다. 나를 제외하곤 모두가 알고 있는 비밀이었으니까!

그런데 그후 헤티의 유언이 공개되면서 작은 소동이 벌어졌다. 헤티는 묘비와 관련해 분명한 유언을 남겼다. 너무 분명하고 단호해서 다른 식으로 해석할 도리가 없었다.

헤티의 변호사가 유언장을 들고 내 사무실을 찾아와 조언을 구했다. 그는 내 책상에 유언장을 올려놓으며 "어떻게 해야 합니까?" 하고 물었다. 나는 유언장을 들고 쭉 훑어보았다.

'내 묘석에는 이렇게 써주길 바랍니다.

헤티 시몬즈, 이분이 지극히 사랑한 두 자녀 마이클과 로즈메리, 그리고 이분에게 깊은 사랑을 받은 손자들 제럴딘과 로버트, 사만다와 저스틴과 에드워드가 한없이 그리워하는 어머니이자 할머니가 여기에 묻히다.'

나는 잠시 생각해 보고 이렇게 결론을 지었다.

"이렇게 써주지 못할 이유가 없지 않나요? 헤티의 간절한 유언입니다. 적어도 헤티에게는 정말로 존재했던 사람들이고요. 헤티의 묘비에 그들의 이름을 써주십시오."

훗날 비문의 기록을 바탕으로 족보를 연구하는 학자에게는 수수께끼를 남겼을지 모르지만, 헤티는 손자들을 가장 자랑스럽게 여긴 할머니로 회당의 공동묘지에 지금까지 묻혀 있다.

자유

때때로 우리는 하루를 헛되이 낭비하고 있는 듯한 기분에 사로잡힐 때가 있다. 어떤 일을 꼭 해내야 하는데, 핵심을 파악하지 못하고 겉돌기만 한다. 그날도 그런 기분에 사로잡혀 있는데, 비서 제럴딘이 페크소프 교도소의 교회사(敎誨師)에게서 전화가 왔다고 알려주었다. 한 죄수가 랍비를 만나고 싶어 한다는 것이었다. 그것도 급히! 그의 기록에는 유대인이라고 적혀 있지 않았지만, 그는 막무가내로 랍비를 만나야 한다고 고집을 부린다고 했다.

나는 페크소프 교도소에는 한 번도 가본 적이 없었다. 페크소프 교도소는 보안이 철저한 곳이었는데, 주로 흉악범과 마약상, 아일랜드 공화국군과 그밖의 테러범들, 요컨대 우리가 길에서 결코 만나고 싶지 않은 사람들이 수용된 곳이었다. 옛날 공군 비행장이던 허허벌판에 큼직한 콘크리트 건물들과 높은 담이 우뚝 솟아 있고, 감시탑도 곳곳에 있었다. 결코 지역의 자랑거리는 아니었다.

게다가 한 시간은 족히 운전을 해야 했다. 아무리 서둘러도 아침 반나절과 오후 시간을 꼬박 날려야 한다는 뜻이었다. 약속이 됐더라도 교도소를 들어가는 데만 최소한 30분, 때로는 그 이상을 기다려야 했다. 벤필드 교도소에서는 90분을 기다린 적도 있었다. 누구의 잘못도 아니었다. 나보다 먼저 와서 기다리는 사람들이 있기 마련이고, 교도관들도 임무를 교대해야 하기 때문이었다. 또 두꺼운 유리벽 뒤에서 교도관이 내 서류를 살펴보고, 내 방문이 예정된 것인지 두툼한 장부에서 확인한 후에 교회사에게 전화를 걸었다. 하지만 교회사가 이런저런 일로 전화를 받지 못하면 나는 음산한 대기실에서 책을 읽거나 포스터를 들여다보면서, 때로는 다른 방문객들이 나지막하게 주고받는 이야기를 엿들으면서 하염없이 시간을 보내야 했다.

그후에도 보안문을 통과해서는 가방과 외투와 모자를 보관함에 넣고, 상의에 출입허가증을 달아야 했다. 그리고 교도관의 호위를 받아, 우리의 취약한 사회를 보호하는 벽을 넘어가야 했다. 면담을 끝내고 나올 때도 보안문을 통과하고 모자와 외투와 가방을 챙기려면 그만큼의 시간이 걸렸다. 주차장도 교도소 입구에서 멀찌감치 떨어져 있어 10분은 족히 걸어야 했다. 게다가 이상하게도 교도소를 방문하는 날이면 언제나 비까지 내리는 듯했다.

일정표를 살펴보자 화요일 오후에 별다른 약속이 없었다. 나는 교도소에 전화를 걸어 교회사와 통화한 끝에 오후 2시로 약속을 정했다. 그는 무척 고마워했다. 도로 지도에서 페크소프 교도소의 위치를 확인해 보니 정말 멀리 떨어진 외딴 곳이었다.

페크소프 교도소에 대한 이야기를 자주 들었지만 직접 방문하기는 처음이었다. 담과 감시탑은 내가 머릿속에 그렸던 것의 절반에 불과했다. 교도소 주변은 썰렁했다. 어떤 형태의 사랑도 존재하지 않는 곳에 들어섰을 때가 이런 기분일 것이다. 당연한 일이었지만, 입구에서부터 점검과 확인은 철저했다.

"주머니에 있는 걸 모두 꺼내 이 그릇에 넣어주십시오. 모자를 벗으십시오. 신발을 벗어 여기에 올려주십시오."

정중하지만 거부할 수 없는 지시였다. 기계적이고 냉정하기 이를 데가 없었다. 그러나 감정적으로 받아들이지는 않았다. 그런 곳에서 인권이나 억압을 운운하며 불평한다고 한들 무슨 소용이겠는가. 어떤 의미에서 나는 그런 시설의 존재에 감사해야만 했다. 그곳이 강제수용소는 아니잖은가.

내 민족은 끔찍한 어린 시절, 철저히 파괴된 어린 시절을 겪었다. 부모와 친척이 두들겨 맞고, 끌려가고, 심지어 죽는 것까지 보아야 했다. 당시 유럽에 살던 거의 모든 사람이 폭격으로 집을 잃었고, 친구가 죽는 것을 보았다. 또 굶주림에 시달리고 절망과 두려움에 떨

47

어야 했다. 많은 사람들이 처절한 전쟁터에 끌려가 처참한 상황에서 싸워야 했다. 그후엔 순식간에 파괴된 것을 재건하는 데 수많은 시간을 보내야 했다. 다리와 건물은 복구됐지만 그들의 잃어버린 관계와 삶까지 회복하지는 못했다. 그러나 모두는 아니어도, 대부분은 그럭저럭 잊고 꿋꿋하게 살아갔다. 그들은 다시 시작했고, 다시 결혼해 새로운 가정을 꾸렸으며 새로운 친구를 사귀었다. 사업도 다시 일으켰고, 공부를 다시 시작해 마무리 지었다. 또 새로운 언어를 배워가며 올바른 사람, 올바른 시민이 됐다. 내 회당에 출석하는 신도의 절반 가량이 그런 사람들이었다.

따라서 나에게 학대하는 아버지나 이혼한 어머니가 당신의 삶에 깊은 영향을 미쳐 범죄를 저질렀다는 핑계는 대지 마라. 교도소는 잘못된 선택을 해서 붙잡힌 사람의 몫이다. 잘못된 선택을 했지만 운 좋게 붙잡히지 않은 사람도 있다는 사실을 인정한다. 물론 나도 5년이나 그 이상을 갇혀 지낸 사람들을 동정한다. 다른 죄수들을 두려워하는 죄수들도 불쌍하게 생각한다. 무엇보다 자신이 저지른 짓을 인정하면서 나를 방패막으로 삼으려는 죄수를 더더욱 동정한다. 그들은 내가 성직자이기 때문에 당연히 순진하고, 모든 말을 곧이곧대로 믿으며, 부드러운 심성을 가졌을 것이라고 생각하지 않는가.

그러나 이 사람은 달랐다. 내가 페크소프 교도소에 들어와 겪은 두 번째 충격이었다. 첫 번째 충격은 철통 같은 보안장치였다. 그는 교도소 안의 교도소에 있었다. 외부와 완전히 단절된 입구로 들어가 다시 독립된 복도를 지나가자, 두꺼운 유
리가 내 앞을 가로막았다. 유리 뒤의 교도
관이 찍찍거리는 마이크에 대고 통행증을
요구했다. 나는 조그만 구멍으로 통행증
을 밀어 넣었다. 허리띠에 열쇠꾸러미
를 찬 교도관은 나를 데려온 교회사를 뻔히 알았지만 규칙대로 움직
였다.

교회사는 마이클에 대해 아는 것이 거의 없다고 내게 말했다. 마이
클은 종신형을 받은 죄수였다. 감형이나 재심을 받을 가능성도 거의
없었다. 그는 어린 남자아이들을 성폭행하고 목 졸라 죽였다. 입증된
것만 네 건이었고, 실제 범행 횟수는 더 많을 가능성이 컸다. 그래서
그는 교도소에 수감되는 즉시 죄수들의 표적이 됐다. 성범죄자는 교
도소에서도 냉대를 받았는데, 더구나 어린아이에게 몹쓸 짓을 한 범
죄자는 더더욱 학대받았다. 따라서 마이클은 이중의 위험에 처한 셈
이었다. 그래서 내무부는 자체 규정을 만들어, 다른 죄수들로부터 보
호해야 할 죄수를 독방에 가두었다. 그래도 다른 죄수들은 그런 죄수
의 음식에 몰래 면도날을 집어 넣거나, 다른 방법으로 협박의 메시지
를 전달했다.

마이클은 차분한 편이었다. 괴로워하는 흔적도 보이지 않았다. 적
어도 그때까지는! 또 책을 많이 읽는다고 했다. 물론 도서관을 이용
할 수 없어서 교회사가 일주일에 한 번씩 그를 대신해 책을 빌려다

주었다. 그러나 닥치는 대로 책을 가져오기 때문에 그가 내면의 지식을 쌓을 가능성은 거의 없었다.

한 번은 이런 일도 있었다. 교회사가 급히 처리해야 할 일 때문에 철학책 두 권을 도서관 책상에 남겨두는 실수를 저질렀다. 도서관에서 일하는 모범수들은 그 책이 누구에게 보내질 건지 알았던 게 분명했다. 교회사가 돌아와서 이상한 느낌이 들어 책을 들춰보니 책 안에 똥칠이 되어 있고, 거세해 버리겠다는 등의 협박 글이 잔뜩 쓰여 있었다. 물론 누가 그런 짓을 했는지는 아무도 몰랐다. 도서관 사서들도 입을 꼭 다물었고 자신들은 보지 못했다고 발뺌했다. 교회사는 교도소장에게 항의하며 그들을 도서관에서 일하지 못하도록 조치해 달라고 요구했다. 그러나 교도소장은 단호히 거부하며, 간섭하면 상황이 악화될 뿐이라고 덧붙였다. 그 이후로 교회사는 도서관에 들어가 여기저기에서 무작위로 아무 책이나 뽑았고, 대출 서류에 서명하지 않았다.

우리는 그런 이야기를 나누며 입구에서부터 바깥마당을 지났고, 다시 B블록을 지나 안마당으로 들어갔다. 그때까지 쇠창살 문을 아홉 번에서 열 번 정도 지나야 했다. 마침내 중범죄자 동에 도착했고, 교회사는 그곳 관제실에서 나를 교도관에게 넘기고 돌아갔다.

우람한 체격에 붉은 수염을 덥수룩하게 기른 교도관이 한쪽에 문들이 쭉 늘어선 곳으로 안내했다. 그리고 끝에서 두 번째 문을 열었다. 호리호리한 체격의 마이클은 구부정하게 침대에 앉아 있었다.

눈은 움푹 들어가고 입술은 몹시 얇았다.

"저는 여기에 앉아 있겠습니다, 랍비님. 문은 열어두십시오. 그게 규칙입니다. 면담 시간은 30분입니다."

나는 대화에 방해를 받고 누군가 나의 조언을 엿들을 수 있다는 생각이 들었지만, 한편으로는 살짝 안도의 한숨을 쉬었다.

앞에서 말한 대로, 두 번째 충격은 마이클이 자신의 범죄를 조금도 변명하지 않고 솔직히 인정했다는 것이다. 그는 침대에서 일어나 나와 악수를 나누었고, 탁자 옆에 있는 의자를 가리키며 앉으라고 말했다. 그리고 다시 침대에 앉아, 힘든 걸음을 해주어서 고맙다고 했다.

"이렇게 와주셔서 고맙습니다. 지금까지도 오랜 시간이었지만 앞으로 더 오랜 시간을 여기서 보내야 합니다. 제가 저지른 짓 때문입니다. 살인을 했습니다."

나는 헛기침을 하고 나서 말했다.

"그렇다는 이야기를 들었소. 그런데 왜 나를 보자고 했소? 전에 회당에 다닌 적은 있었소? 나 말고 다른 랍비를 만난 적은 있었소?"

그가 정말로 유대인인지, 유대교와 관련된 장소와 랍비를 언급할 수 있는지, 때로는 그가 성인식을 어디에서 치렀는지도 은밀히 알아낼 수 있는 좋은 방법이었다. 그가 속임수를 쓰는지도 쉽게 알아낼 수 있었다. 반면에 정말로 유대인이어서 공동체에서 살았던 사람이라면, 어디 출신이고 무엇을 했는지 밝히기를 꺼려 하는 사람까지도

불현듯이 과거 공동체적 삶을 떠올리면서 고향 사람들에게 전할 말을 내게 털어놓기도 했다.

"정확히 말하면, 저는 유대인이 아닙니다. 할아버지가 유대인이긴 했지만 저는 할아버지를 전혀 모릅니다. 하지만 그런 이유에서 제가 랍비를 청했던 겁니다. 몇 가지 묻고 싶은 게 있거든요. 여기에 계신 목사님은 대답해 줄 수 없는 질문입니다. 카발라(중세 유대교의 신비주의)에 관한 것이거든요."

빌어먹을 카발라! 싸구려 협잡꾼들, 키파를 쓰고 수염을 적당히 기른 사기꾼들, 덜떨어진 저명인사들은 카발라에 모든 문제의 답이 있다고 믿는 듯했다. 또 내가 카발라에 관한 모든 것을 알 거라고 생각하는 사람이 많았다. 그러나 나는 카발라에 대해 잘 모를 뿐더러, 관심도 없다. 게다가 《탈무드》에서는 마흔 살이 되고 결혼해서 두 자녀를 둘 때까지는 신비주의에 관심을 갖지 말라고 가르친다. 달리 말하면, 구름 속에 머리를 밀어 넣고 헤매기 전에 두 발을 땅에 딛고 똑바로 서는 게 먼저라는 뜻이다. 또 지혜와 경험이 깊은 랍비라도 신비로운 현상을 다루게 되면 위험할 수 있다고 《탈무드》는 경고한다. 따라서 카발라는 내 취향이 아니었다. 솔직히 카발라 말고도 나는 고민해야 할 문제가 많았다.

그러나 그때는 그런 위험에 대해 잔소리를 늘어놓을 때가 아니었다. 적어도 그 순간은.

우리의 대화는 그렇게 끝날 듯했다. 그러나 어렵게 찾아온 방문을

53

그렇게 끝낼 수는 없었다. 그래서 나는 그에게 뭐든지 말해 보라고 했다.

그는 '여행'을 한다고 말했다. 때로는 우주를 여행하고 별나라를 돌아다닌다고 말했다. 독방에 앉아서도 어디든 날아갈 수 있다고 말했다. 바깥세계로 나가 세계 어디라도 날아가서, 어떤 일이 일어나는지 지켜볼 수 있다고 했다. 나는 황당했지만 그렇게 말하는 그의 얼굴을 조용히 살펴보았다. 그는 나를 똑바로 쳐다보지 않았다. 그의 무릎과 두 손, 그리고 내 뒤의 벽에 눈길을 둘 뿐이었다. 그런데 이야기를 할 때는 얼굴이 환히 밝아지는 듯했다. 그는 이야기에 집중했다. 그는 어디든 날아다닌다고 했다. 물론 그의 몸까지 훨훨 날아다닌 것은 아니었다. 언제라도 필요하면 독방으로 돌아왔다. 그가 미친 것이었을까? 미쳤다고 말할 수도 있겠지만, 미친 것치고는 이상했다. 자세히 들어보니 아무렇게나 지껄여대는 이야기가 아니었다. 똑같은 이야기를 반복하는 것도 아니었다.

나는 그의 손을 쳐다보았다. 그 손으로 어린 소년들을 어떻게 목 졸라 죽였을지 궁금했다. 두 손은 강인해 보였다. 얇은 죄수복 아래로 드러난 두 팔에는 힘줄이 불거지고 근육이 불끈거렸다. 나는 그의 말에 귀를 기울이려 했지만 잘 들어오지 않았다. 그가 내게 늘어놓는 여행 이야기만큼이나 내 생각도 정처 없이 떠돌았다. 나는 갑자기 한기가 느껴졌다.

내가 다시 정신을 차렸을 때 그가 구체적인 질문을 던지기 시작했다. "이런 여행이 카발라에서도 언급됩니까?" "내가 반드시 알아야 할 게 뭔가요?" "내가 꼭 해야 할 게 뭔가요?" 그가 독방에서 혼자 모든 것을 독학했다는 뜻이었다. 그는 그런 여행을 쉽게 할 수 있는 어떤 비밀이 있는지, 또 천국에 가는 방법이 있는지에 대해 생각을 거듭했던 것이다.

나는 더듬거리며 대답했다.

"모르겠습니다. 나는 그런 것에 대해 잘 모릅니다. 나는 카발라의 전문가도 아닙니다. 우리 랍비는 카발라를 공부하지 않습니다. 랍비라고 천국의 열쇠를 허리에 차고 있지는 않습니다. 천국에 가는 특별한 비결은 없습니다. 시간과 훈련이 필요할 뿐입니다."

"시간은 문제가 되지 않습니다. 훈련을 받고 싶습니다."

"나는 도와줄 수 없습니다."

그러나 엉뚱하게 들릴 수도 있겠지만, 원한다면 머릿속으로 여행을 계속하라고 권했다.

"엉뚱하게 들리다니요. 그렇게 하겠습니다."

그러고는 지난밤에는 음악 공연장까지 날아가서, 청중의 뒤에 앉아 멋진 음악을 즐겼다고 말했다. 모차르트 피아노 협주곡과 슈만의 교향곡을 즐겼다면서, 그날 밤에는 영화를 보러 가겠다고 말했다.

나는 그에게 즐거운 저녁 시간이 되기를 바란다고 말했다. 그는 꼭 그렇게 하겠다고 진지하게 대답했다. 나는 그에게 큰 도움을 줄 수 없어 미안하다고 사과했다. 그런데, 해괴망측한 이야기를 들려주려고 그곳까지 나를 불러낸 그에게 내가 왜 사과했을까?

그때 교도관이 철문을 두드렸다. 차가운 금속성이 공허하게 들렸다. 시간이 됐다고 말했다. 세상을 날아다니는 이야기를 하는 동안 시간이 훌쩍 날아가 버렸다. 그런데 왠지 나는 편안한 기분이 들었다.

"이제 가봐야겠소. 미안합니다."

"아닙니다, 괜찮습니다. 저는 랍비님처럼 세상을 돌아다닐 겁니다. 걱정하지 마십시오. 이제 괜찮아졌습니다. 나는 자유입니다. 여기에 있어도 나는 자유입니다."

나는 뒤돌아서 다시 끝없는 문을 지나 교도소 정문까지 나왔다. 그 과정에서 끝없이 많은 문이 열리고 닫혔다. 신분증과 소지품을 돌려받고 바깥세상으로 나와 숨을 깊게 들이마셨다. 소독약과 담배와 땀에 찌든 냄새가 아니었다.

많은 점에서 헛된 여행이었다. 하루를 그렇게 허비한 셈이었다. 누구에게도 되돌려 받을 수 없는 휘발유 값도 아까웠다. 페삭(유월절의 히브리 명칭)이 다가오고 있었다. 준비해야 할 것이 많았다.

페삭은 유대인에게 자유의 축일, 이집트의 포로수용소에서 해방된 것을 기념하는 축일이다. 하지만 나는 여전히 노예였다. 빈틈없이 돌아가는 일정표, 내 양심과 임무, 나를 고용한 사람들, 주택 융자금에서 벗어나지 못한 노예였다. 그러나 마이클은 옛 신전의 지성소처럼, 상자 속의 상자 속의 상자 속의 상자 속에 처박힌 독방에 있지만 자유로웠다. 원하면 어디라도 자유롭게 날아갈 수 있었고, 원하면 언제라도 돌아올 수 있었다. 세상을 마음대로 헤집고 다닐 수 있었다. 적어도 하나의 세계, 그가 머릿속에 그린 세계를!

　교도관이 철문을 다시 잠그고 헤어지려고 할 때 마이클은 "랍비님, 와주셔서 고맙습니다. 어쩌면 제가 랍비님을 찾아갈지도 모르겠습니다."라고 말했다.

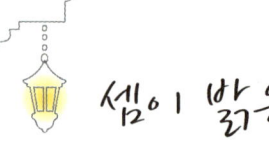

셈이 밝은 사람

'슈츠'라는 유대인 마을에 셈을 못하는 남자가 살았다. 고이델 슈트릭은 다른 사람들과 똑같은 열 개의 손가락과 열 개의 발가락을 가졌지만, 다른 사람들처럼 그런 걸 이용해서 셈하는 방법을 배우지 못했다. 그래서 곤란할 때가 한두 번이 아니었다. 심지어 그는 숫자를 정확히 읽지도 못해 장사꾼들에게 동전이나 지폐를 더 얹어주기 일쑤였지만, 비양심적인 장사꾼들은 모른 체하며 받아 챙겼다.

그런데 이상하게 그런 장애에도 불구하고 고이델은 돈에 쪼들리는 적이 없었다. 장부로 따지는 대신에 정겨운 말과 따뜻한 악수로 장사를 한 덕분인지 그의 장사는 나날이 번창했고, 경쟁자들의 시기를 받았다.

어느 날 그의 경쟁자 중 하나인 로이벤 피슈방은 고이델의 비밀을 밝혀내기로 작심하고, 금요일 아침 장사가 끝나기를 기다렸다. 시장에서 모든 좌판이 걷히고 장사꾼들은 거룩한 안식일을 맞을 준비를 시작했다. 로이벤은 미크베(일종의 목욕탕, 직역하면 물을 모아놓은 곳)까지 고이델의 뒤를 쫓았다. 고이델은 혼자서 조용하고 썰렁한 기도소에 들어갔다. 로이벤은 뒤에 숨어 고이델을 지켜보았다.

고이델은 성궤를 향해 조심스레 다가가 말했다.

"하나뿐인 주님! 저는 못난 장사꾼입니다. 숫자를 읽지 못하고 덧셈도 못합니다. 하지만 주님은 온 우주에서 가장 현명하신 분입니다! 그래서 제가 숫자를 부를 테니 주님께서 저를 대신해 계산해 주시리라 믿습니다! 오, 하나뿐인 주님, 별것도 아닌 걸 갖고 왔다고 상처받지 마시기 바랍니다."

그리고 고이델은 큰 소리로 숫자를 나열하기 시작했다.

"일, 삼, 육, 사, 팔, 영, 이, 삼……. 어, 이건 불렀던 같은데? 일오, 일영영."

고이델은 정말 숫자를 몰랐다. 그러자 바트 콜(목소리의 딸이란 뜻으로, 하느님의 의지를 담은 하늘의 목소리)의 온화한 목소리가 그 조그만 석조 건물에 울려 퍼지기 시작했다.

"고이델아, 네가 말한 숫자들과 네 기도를 내가 받아들였다. 나는 거룩한 하나뿐인 하느님이다. 안식일이 끝나거든 3.8퍼센트로 계약

을 해라. 24개월을 넘으면 3.95퍼센트도 괜찮다. 27.53퍼센트로 결
정해라. 15퍼센트를 먼저 제안하고 11퍼센트라면 받아들여라."

고이델은 조용히 고개를 조아리고 기도소를 나왔다. 기둥 뒤에 숨
어 지켜보던 로이벤은 놀라 입을 다물지 못했다. 로이벤은 욕심에
사로잡혀 용기를 내서 성궤 앞으로 천천히 다가가 말했다.

"하나뿐인 주님! 저는 못난 장사꾼에 불과합니다. 숫자를 읽지 못
하고 덧셈도 못합니다. 하지만 주님은 온 우주에게 가장 현명하신
분입니다! 제가 숫자를 부를 테니, 제가 어찌해야 하는지 알려주십
시오."

그러자 바트 콜은 세상에서 가장 현명하신 분이란 걸 증명이라도 하듯이 말했다.

"능력 있는 회계사를 쓰거라. 조금만 기다리면 랍비가 올 것이다. 그 랍비의 매제가 회계사이니, 적당한 가격에 도움을 받을 수 있을 것이다."

우리는 죽음 이후의 삶에 대해서는 아무렇지도 않

게 이야기하면서, 죽음 직전에 다녀왔다는 이야기

에 놀라워할 이유가 없지 않은가.

2.

죽음

섣부른 판단

정말 정신없이 바쁜 날이었다.

긴즈버그 부인의 장례를 치르고 돌아오자, 비서가 쪽지 하나를 건네
주었다. 비서는 내가 장례식을 끝낸 후에 항상 한 시간 정도 휴식을
취하고 싶어 한다는 걸 알았지만, 곧바로 쪽지를 전해 주는 것으로
봐서 급한 일인 듯했다. 정말 다급한 일이었다. 벤자민이란 아이가
뇌막염으로 혼수상태라며 즉시 엘리자베스 종합병원 아동병동으로
와달라는 전갈이었다.

벤자민은 겨우 아홉 살이었다. 회당의 학생 명부에 이름이 올라 있
기는 했지만 그 아이에 대해 아는 것은 거의 없었다. 나는 벤자민이
란 이름만으로 그 아이의 얼굴을 떠올리지 못했다. 부모가 누구인지

도 생각나지 않았다. 그러나 구두에 묻은 흙을 털어내고 나는 곧바로 엘리자베스 병원으로 향했다. 그 병원은 주차가 어렵기로 유명했다. 그런데 그날은 운 좋게 직원용 주차장에 들어갈 수 있었다. 믿기지 않겠지만, 승용차를 가진 직원 수보다 주차 공간이 더 많았다. 게다가 아동병동에 한 번도 와본 적이 없었는데 어렵지 않게 찾아냈다.

나는 중환자 병동의 벨을 눌렀다. 한 간호사가 문을 살짝 열었다. 내가 명함을 보여주자, 들어오도록 허락했다.

벤자민은 집중치료실에 있었다. 산소 마스크를 쓰고 있어 얼굴을 알아볼 수 없었고, 온몸에 연결된 관이 삐삐거리는 기계에 연결돼 있었다.

벤자민의 병상 옆에 한 여인이 한 손을 축 늘어뜨린 채 앉아 있었다. 내가 다가가자 고개를 들고는 살며시 웃음을 지었다.

"랍비입니다. 방금 연락을 받았습니다."

"압니다. 제가 회당에 전화를 해달라고 부탁했어요. 이렇게 빨리 와주셔서 고맙습니다."

"상태가 어떻습니까? 언제부터 이랬습니까?"

"어젯밤에 열이 나면서 머리가 아프다고 했습니다. 하지만 오늘 아침에 씩씩하게 학교에 가서 이런 지경이 될 줄은 정말 몰랐습니다. 오전에 학교에서 쓰러졌습니다. 그 때문에 학교에서 큰 소동이 벌어졌고요. 아이 아버지도 곧 도착할 겁니다. 회의가 있어 맨체스터에 갔거든요. 하지만 학교에서 회사로 연락해 소식을 전했다고 합니다. 불쌍한 사람, 벤자민의 이런 모습을 보면 아마 기절할 거예요."

가끔 우리는 상대의 말에서 단서를 얻을 수 있다. 그녀는 '벤자민의 아버지'라 말했지 '내 남편'이라 말하지 않았다. 그냥 '불쌍한 사람'이라 말했지 '내 불쌍한 사람'이라 하지 않았다. 나는 이 가족에 대해 무엇이든 기억해 내려 머리를 짜내보았지만 아무것도 생각나지 않았다. 하기야 랍비라고 해서 모든 신도를 어떻게 다 알겠는가. 결혼해서 들어오거나 떠나는 신도, 새로 입양한 아이 등 회당을 드나드는 사람을 모두 알려면 적어도 수년은 걸린다.

그녀가 물었다.

"랍비님, 기도를 할 수 있을까요?"

나는 〈시두르〉(유대교의 기도서)를 일부러 챙겨 가져왔다. 사실 나도 〈시두르〉를 매일 읽지는 않는다. 회당에 출입하는 신도들의 믿음이 그다지 깊지 않다는 걸 알기 때문에 신도들에게도 〈시두르〉를 반드시 읽어야 한다고 강요하지 않았다. 또 나는 시편의 낭송이 의학적 치유의 효과를 갖는다고 믿는 사람도 아니었다. 하지만 혹시 하는 마음에 〈시두르〉를 항상 갖고 다녔다.

나는 〈시두르〉를 꺼내, 이미 표시해 둔 병자를 위한 기도 부분을 펼쳤다. 그리고 그 여인 옆으로 의자를 당겨 앉았고, 우리는 큰 소리로 함께 읽었다. 그녀는 내게 고맙다고 말했다. 그후 우리는 거의 2~3분 동안 우두커니 앉아 있었다. 나는 그녀에게 벤자민의 아버지

와는 이혼했느냐고 묻고 싶었지만 아직은 적당한 때가 아닌 듯했다. 한동안 우리는 나란히 앉아 벤자민을 쳐다보았다. 벤자민은 산소 마스크의 힘을 빌어 그런대로 편안하게 숨을 쉬고 있었다. 초록색 선들이 서너 개의 스크린에 연결됐고, 벤자민의 두 팔에는 링거 병이 하나씩 매달려 있었다. 하나는 식염수에 불과했지만, 다른 하나는 요란한 약명이 쓰였고 팔까지 연결된 관도 무척 복잡했다.

마침내 나는 단어를 신중하게 골라가며 조심스레 물었다.

"벤자민의 아버지가 맨체스터에서 오는 길이라고 했나요?"

"예. 조심해서 운전해야 할 텐데……. 다른 사람이 운전해서 오면 더 좋을 거고요. 그 불쌍한 사람이 무척 당황하고 있을 거예요. 부인이 죽은 지 2년밖에 되지 않았거든요. 벤자민은 그 사람의 모든 것이었어요."

저런! 나는 자책하지 않을 수 없었다. 선입견과 섣부른 판단이 늘 문제다! 나는 재빨리 머리를 굴렸다. 훤칠한 키에 검은 머리칼, 갸름한 얼굴이었던가? 남자애를 키우는 남자였지. 그럼 이 여자는? 산드라? 샌디? 신디였던가? 신시아였나? 기억나지 않았다. 에이, 어쩌다 신도 이름을 잊을 수도 있는 거지. 이렇게 자위하면서도 나는 머릿속으로 신도 명부를 열심히 뒤적거렸다.

"그럼 당신은 벤자민의 숙모인가요?"

그때 간호사가 문을 열고 얼굴을 내밀며, "샤피로 씨가 도착하셨어요."라고 말했다. 나는 의자에서 일어나 샤피로 씨에게 내 소개를 하고 인사를 건넸다. 내가 샤피로 씨와 악수를 나누는데 등 뒤에서 그녀가 뭐라고 대답하는 것 같았다. 언뜻 들으니 신도 명부에는 없는 이름이었다. 나는 고개를 돌렸다. 그런데 여자가 보이지 않았다. 빈 의자만이 덩그러니 놓여 있었다. 그러나 내 귀에는 분명히 들렸다. 내가 무슨 소리를 들었던가. 그녀가 내게 뭐라고 말했던가.

"아니에요. 난 벤자민의 수호천사예요."

연기로 올라가다

"랍비님, 왜 유대인의 코만 연기
냄새를 맡을 수 있습니까?"

전혀 예상하지 못한 질문이었다. 로젠블룸 씨는 늙고 병든 노인이
었다. 그래서 나는 별다른 생각 없이 병문안을 갔을 뿐이었다. 그런
데 이런 뜻밖의 질문을 던지는 게 아닌가!

나는 머뭇거리며 대답했다.

"무슨 말씀이신지……."

"어떤 일이 있었는지 잊은 듯한 사람이 너무 많습니다. 굴뚝, 화
장, 재……. 하지만 나는 잊을 수가 없어요, 랍비님. 한 번도 잊은 적
이 없습니다."

때로는 침묵이 섣부른 판단을 방지하는 데 도움을 준다. 그래서 나는 아무 말도 않고 로젠블룸 씨가 말하기를 기다렸다.

"내가 죽으면…… 랍비님. 그런 말 하지 말라고 마세요, 어차피 내가 랍비님보다야 먼저 죽을 게 뻔하니까. 여하튼 내가 죽으면 화장을 해주면 고맙겠습니다. 그렇게 해줄 수 있겠습니까?"

"화장을 하라고요? 정말이십니까?"

"그렇습니다. 내가 회당에 처음 갔을 때는 골드만 랍비가 계셨습니다. 골드만 랍비는 그렇게 해주겠다고 말했습니다. 하지만 그분이 먼저 세상을 떠났지요. 그후 바루크 랍비, 윌렌스키 랍비가 차례로 부임했습니다. 그런데 두 분은 화장을 허락하지 않았어요. 그래서 걱정을 하고 있었습니다. 그런데 당신께서 새로 부임했습니다. 이제 나는 오래 살지 못할 것 같습니다……."

나는 헛기침을 했다. 그러나 로젠블룸 씨는 그에 아랑곳하지 않고 계속 말했다.

"나는 이제 늙었습니다. 내 생각을 솔직하게 말할 때가 된 것이지요. 내가 죽으면 화장해 주길 바랍니다. 그래도 랍비님이 내 장례식을 집전해 주실 수 있겠습니까?"

나는 안도의 한숨을 내쉬며 말했다.

"물론입니다. 제가 화장식을 집전해 드리겠습니다. 예전에도 꽤 해보았습니다. 별 문제가 없을 겁니다."

"다행입니다……."

목소리가 탁해지면서 그가 심하게 콜록거렸다. 그는 가래를 조그 만 플라스틱 컵에 뱉고 화장지로 입가를 닦아내며 다시 말했다.

"정말 안심입니다, 랍비님. 화장을 반대하는 사람이 적지 않다는 걸 압니다. 하지만 나는 화장을 원합니다. 내게는 무척 중요한 일입 니다."

대다수의 유대인은 화장을 혐오한다. 죽은 사람의 몸을 건드리지 않아야 메시아가 오실 때 그 사람이 다시 살아날 수 있다는 전통적 인 믿음 때문이다. 적어도 약간의 뼈라도 남겨야 한다. 그래야 원래 의 그 사람을 되살려낼 수 있다고 믿는다. 많은 신학적 이야기들이 그렇듯, 이 전통적 믿음도 터무니없고 허황되게 들리지만, 비판하기 란 쉽지 않고 불가능하기도 하다. 더구나 비판적 사고를 더해 체계 화시키기란 더더욱 힘들다. 사실 유대인은 신학을 체계화시키는 데 무척 서툰 편이다. 달리 말하면, 신학자들은 우리가 해야만 하는 일 에 대해서는 열심히 말했지만, 우리가 무엇을 생각해야 하는지에 대 해서는 좀처럼 말해 주지 않았다. 그래서 대다수의 유대인은 재로 변하는 걸 바라지 않고, 후손들에게 그들이 누구였는지 알려주는 멋 진 무덤과 대리석 묘비를 갖고 싶어 한다.

그러나 상식적으로 생각해 봐도 시간이 지나면 우리 몸은 썩어 없 어지고, 《성경》 말씀대로 우리의 첫 출발점인 흙으로 돌아간다. 말 이 상식이지, 상식만큼 실천하기 어려운 게 없기는 하다. 여하튼 그 과정을 앞당긴다고 문제될 것이 무엇인가? 특히, 인구가 점점 많아지고 장례 비용도 만만치 않은 시대에 죽어서까지 땅덩어리를 차지하겠다는 생각은 이기적인 생각이 아닌가 싶다.

그때 우리는 유대인 양로원의 휴게실에 앉아 있었다. 사실 양로원 휴게실은 그런 이야기를 하기에 적합한 곳은 아니었다. 그래서 내가 머뭇거리며 말했다.

"로젠블룸 씨, 말씀드린 대로 화장식을 집전할 수는 있습니다. 장례식과 별로 다를 게 없습니다. 그런데 재는 어떻게 해드릴까요? 재를 땅에 묻어야 합니까?"

로젠블룸 씨가 나를 똑바로 쳐다보며 말했다.

"바로 그겁니다! 그 전에 랍비님께 나에 대해 말씀을 좀 드려야겠습니다. 그래야 오해가 없을 테니까요."

나는 속으로 한숨을 내쉬었다. 앞으로 긴 이야기를 들어야 할 판이었다. 그래서 '편안한 의자'라고 부르는 양로원 의자에 최대한 편한 자세로 고쳐 앉았다.

"나는 1946년에 영국에 건너왔습니다. 그때를 돌이켜보면, 나이는 젊었지만 다른 점에서는 이미 노인이나 마찬가지였습니다. 너무 많은 걸 봤으니까요. 정말 너무 많은 걸 봤습니다. 내가 노예로 일하면서 봤던 것 중 하나가 굴뚝이었습니다. 정확히 말하면, 두 종류의 굴뚝이었지요. 하나는 작고, 다른 하나는 큰 굴뚝이었습니다. 그 굴뚝 중 하나로 내 아버지와 어머니, 두 누이, 숙모와 삼촌과 사촌들,

그리고 할아버지가 사라졌습니다.

굴뚝에서 나오는 연기가 무엇을 뜻하고, 그 건물이 어떤 용도의 것인지 깨닫는 데 상당한 시간이 걸렸습니다. 사람들이 말해 주기도 했지만 아무 말도 하지 않는 경우도 많았습니다. 여하튼 그 건물을 에둘러서 다른 이름으로 불렀습니다.

그래서 나는 결심을 했습니다. 이상한 결심이었지요, 랍비님. 그 결심은 내게 내면의 세계를 확실하고 분명하게 열어주는 듯했습니다. 저런 것이 하늘나라로, 맑고 푸른 하늘로 올라가는 방법이라면 나도 저런 식으로 올라가야겠다고 결심한 겁니다. 진흙과 진창 속에 있고 싶지 않았습니다. 무덤 속에서 썩어가는 뼈다귀로 있고 싶지 않았습니다. 내 몸에 자유를 주고 싶었습니다. 이 땅에 아무것도 남기고 싶지 않았습니다. 빈곤과 굶주림과 고통으로 점철된 이 땅을 완전히 떠나, 구름의 일부가 되고 싶습니다. 내 말을 이해하겠습니까?"

나는 고개를 끄덕였다. 하지만 유대교의 정통파는 화장식을 집전하지 않으며, 화장을 몹쓸 짓이라 생각한다. 내 동료들 중에도 화장을 거부하는 랍비가 적지 않다. 나는 로젠블룸 씨에게 이런 상황을 대략적으로 설명했다. 그는 고개를 끄덕이며 말했다.

"압니다. 전에 윌렌스키 랍비가 화장식을 집전해 줄 수 없는 이유를 설명해 주었으니까요. 꽤 오래전이지만 그때 나는 윌렌스키 랍비와 말다툼까지 벌였습니다. 기독교 집안 아이들은 굴뚝에서 내려와 선물을 주는 할아버지가 있다는 이야기를 듣지요. 그럼 유대인 아이들은 굴뚝으로 올라가 아무것도 남기지 않는 할아버지에 대한 이야기라도 들어야 하지 않겠습니까."

다시 얻은 생명

그 불행은 전혀 예측하지 못한 때 찾아왔다. 갑자기 닥친 만큼 충격도 컸다. 묵직한 기둥이 쓰러지며 그의 심장을 짓누르는 듯했다. 온몸이 부들부들 떨렸고 숨이 막혔다. 손가락 하나 까딱할 수 없었고 귀가 멍멍했지만, 주변에서 사람들이 웅성대며 걱정하는 소리는 들렸다. 그는 눈을 꼭 감았다. 하지만 모든 게 보이는 것 같았다. 방에는 불이 환히 켜졌고, 창밖의 나무들도 보였다. 그런데 풍경이 조금씩 변하면서, 그는 방에 걸린 그림의 한가운데 서 있는 것 같았다. 순간적으로 닥친 엄청난 통증은 사그라졌지만, 통증 자체는 여전히 온몸에서 느껴졌다. 그림 속의 주인공이 느끼는 감정이 고스란히 전해지는 듯했다. 다리는 의자에 걸치고 가슴을 움켜쥔 채 바닥에 쓰러진 사람의 불안하고 고통스런 느낌이 그랬을까?

그의 부인과 친구가 달려왔고, 누군가는 전화통을 붙잡고 고래고래 소리를 질러댔다. 하지만 모든 소리가 희미하게 들렸다. 주변 사람들의 말을 알아들을 수 없었다. 얼음 덩어리가 서서히 떠내려가고, 카메라에서 점점 멀어지듯이, 주변 사람들과의 거리도 멀어지는 것 같았다. 따뜻한 욕조에 몸을 담그는 기분이기도 했다.

온갖 생각이 오락가락했다. 보험을 들어놓아 다행이란 생각까지 들었다. 그래서 그가 그렇게 차분할 수 있었던 것일까? 지금 어떤 일이 닥쳤고, 앞으로 무슨 불행이 닥치든 걱정할 게 없었던 것일까? 그런데…….

그런데 갑자기 경련이 일어났다. 지독한 통증이 다시 밀려왔다. 정신을 집중하자 그를 내려다보는 얼굴들이 보였다. 누군가 그의 가슴을 두드리고 뺨을 때렸다. 빨간 재킷을 입은 두 남자가 보였다. 한 남자가 충격 패드를 그의 가슴에 대자, 그의 몸이 벌떡 튀어올랐다. 그리고 그는 다시 숨을 쉬기 시작했고, 가쁜 숨을 토했다. 테두리가 흐릿하기는 했지만 눈의 초점이 다시 잡히는 듯했다. 두 가지 느낌이 밀려왔다. 하나는 안도감이었고, 다른 하나는 안타까움이었다. 막연하기는 했지만 강렬한 아쉬움이었다.

그는 어딘가에 갔었다. 분명히 어떤 곳에 다녀온 듯했다. 기분 좋은 꿈을 꾸다가 깬 듯이 아쉬움이 남았다. 이곳과는 다른 곳이었다.

따뜻하고 포근한 곳이었다. 그는 잠시였지만 다른 세상에 있었다. 그런데 지금은 여기에 있다. 하얗게 질린 엘리자베스가 보였다. 아널드의 얼굴도 보였다. 빨간 재킷을 입은 두 남자도 보였다. 앰뷸런스를 몰고 온 응급대원일 것이라 생각했다. 낯선 사람들이었지만 투철한 직업의식을 보여주며 일사불란하게 움직였다. 그는 여전히 거기에 누워, 관심 있게 그들을 지켜보며 그들의 능력에 박수를 보내고 싶었다.

언젠가 그가 코 수술을 한 후에 마취에서 깨어날 때와 비슷했다. 간호사들은 부산스레 돌아다녔지만 무척 질서 있게 움직였다. 서두르지 않았고 당황하지도 않았다. 쓸데없는 데 힘을 낭비하지 않았다. 그때도 속으로 간호사들에게 얼마나 박수를 보냈던가.

그는 꿈에서 완전히 깨어나 현실 세계로 돌아왔다. 통증이 여전해서 숨을 깊게 쉬면 짜릿한 통증이 밀려왔다. 하지만 숨을 쉬어야 했다. 맑은 공기를 느끼고, 달콤한 공기 냄새를 맡고 싶었다. 잠시 후, 그는 유모차에 탄 아기가 된 기분이었다. 들것에 실려 앰뷸런스에 태워졌다. 반쯤은 깨어 있고 반쯤은 잠든 상태였다. 그들을 믿고 몸을 맡기는 수밖에 없었다. 그는 다시 잠이 들었다…….

이 이야기를 듣는 데 꽤 시간이 걸렸다. 스티브는 걸핏하면 말을 멈추고 벽이나 탁자 위의 꽃병을 멍하니 쳐다보았다. 그러나 그가 너무도 이야기를 하고 싶어 해, 나는 그의 옆에 조용히 앉아 있었다.

순서가 약간 틀렸는지 가끔 "아참, 그건 나중에 있었던 일입니다." 하고 자신이 생각하는 올바른 순서로 다시 이야기하곤 했다. 모든 이야기가 그의 머릿속에 있었고, 그는 그 이야기를 꺼내고 싶어 했다. 내게 알리고 싶어 했다. 그리고 내 조언을 원했다.

"랍비님, 나는 도무지 이해할 수 없습니다. 여하튼 다시 살아나 여기에 있어 행복합니다. 엘리자베스는 어제도 병문안을 왔고, 좀 있으면 또 올 겁니다. 지금 학교에 있는 아이들도 매우 보고 싶습니다. 그런데도 왜 아쉬운 기분이 드는 걸까요? 마치 파티에 가지 못한 기분입니다."

회당장은 그를 나사로의 경우에 비교했다. 나사로는 죽었다가 다시 살아난 사람, 적어도 죽음의 문턱까지 갔다가 되돌아온 사람이었다. 우리 식으로 말하면, 무척 운 좋은 사람이었다. 그도 운이 좋았다. 아널드가 침착하게 앰뷸런스를 불렀고, 앰뷸런스가 곧바로 도착한 덕분이었다. 그리고 도시에서 가장 좋은 병원의 하나에서 치료받을 수 있었다. 그후에도 우리는 병원에서, 또 그의 집에서도 여러 번 그에 관한 이야기를 나누었다.

그가 '직접' 지은 집은 바람이 좀 들어오기는 했지만 나무에 둘러싸이고, 밖에 시냇물도 흘러 주변 경치는 썩 훌륭했다. 그는 차고가 두 개나 있고 시끄러운 이웃도 없는 멋진 돌집에서 살며, 도시를 떠나 교외에서 사는 꿈을 이룬 사람이었다. 그는 열심히 일해서 사업을 키워 누구보다 많은 돈을 벌었고, 산책다운 산책을 즐겼다.

그러나 그는 그 모든 것을 두고 떠날 뻔했다. 다시 돌아와 풍요로운 삶을 즐기게 됐지만, 그것들이 하찮게 느껴졌다. 꿈에서 보았던 것이 한없이 그리웠다. 그는 임사체험(臨死體驗, Near-Death Experience, 죽었다가 다시 소생한 사람들의 죽음 후의 체험)에 대해 자주 이야기했다. 나는 그런 경험이 없지만, 수술대에 누운 자신의 모습을 보았다는 사람, 또 자신의 몸에서 빠져나와 긴 터널에 들어가거나 따뜻하게 빛나는 빛을 향해 걸어가는 경험을 했다는 사람들에 대한 글을 적잖게 읽었다. 내 말에 그는 "아닙니다. 터널도 없었고 그런 빛도 없었습니다. 하지만 나와 다른 사람들을 보았습니다. 분명히 보았습니다……"라고 말하고는 1~2분 정도 아무 말도 하지 않았다. 나는 그의 이야기를 진지하게 받아들이며 그를 다독였다. 내가 웃지 않자 그는 고맙다고 말했다. 나는 "왜 웃어야 하지요?"라고 반문했다. 우리는 죽음 이후의 삶에 대해서는 아무렇지도 않게 이야기하면서, 죽음 직전에 다녀왔다는 이야기에 놀라워할 이유가 없지 않은가.

그는 몸이 조금 회복되자, 안식일 예배에 참석해 기도하고 싶다고 했다. 나는 좋은 생각이라며 적극적으로 찬성했다. 그를 위한 예배에 친구들과 동료들이 특별히 참석해, 그가 연단에 올라 히브리 어로 기도문 낭송하는 모습을 지켜보았다. 그는 두 번째 출발을 허락한 창조주에게 감사하는 기도문을 느릿하기는 했지만, 내게 별다른 도움을 받지 않고 혼자서 읽어냈다. 회복과 재활을 위한 훈련이 몸에만 필요한 것은 아니다. 영혼에도 그런 훈련이 필요하다. 새로운

식이요법이나 맑은 공기도 좋지만, 영혼의 회복이 더 중요하다.

그는 내게 "나는 두 번째로 얻은 삶을 살고 있습니다."라고 입이 닳도록 말했다. 두 번째 삶을 시작하면서 그에게는 일 분 일 초가 중요했고, 하루하루가 소중하게 느껴졌다. 그는 운영하던 회사를 정리했다. 다행히도 그가 예전처럼 일할 수 없다는 사실이 확인되면서 보험금을 받을 수 있었다. 그리고 과거에는 크게 중요하게 여기지 않았던 회당에도 충실히 출석했다. 아이들을 발레 교습소와 성경 학교에 직접 데리고 다녔다.

그렇게 8~9개월이 지났을까? 그는 다시 심장 발작을 일으켰다. 이번에는 주변에 아무도 없었다. 엘리자베스가 슈퍼마켓에서 돌아왔을 때 그는 바닥에 쓰러져 있었다. 엘리자베스가 병원 응급실에 화급히 전화했지만 너무 늦었다. 나는 그날 늦게 전화를 받았다. 병원에서 이미 사망선고를 내리고, 장례식을 위한 서류를 작성하기 시작한 때였다.

나는 병원으로 달려갔다. 그는 그때까지 응급실에 누워 있었다. 한없이 편하게 보였다. 심장박동이 멈추면서 중력법칙을 따라 피가 아래쪽으로 고이기 시작하면 얼굴에서 핏기를 찾아보기 힘들다. 그러나 그의 얼굴에서는 어떤 고통, 어떤 두려움도 찾아볼 수 없었다. 그에게 어떤 일이 닥쳤는지 모르지만, 그가 그 일을 편안하게 받아들였다는 뜻이었다. 그렇게 두 번째 삶은 끝났다.

나는 엘리자베스를 크게 걱정하지는 않았다. 무정하게 들릴 수도

있지만, 엘리자베스는 30대 중반에 불과했고, 두 딸과 함께 농가를 개조한 큼직한 돌집을 갖고 있지 않은가. 또 두둑한 보험금까지 있었다.

성대한 장례식이 열렸다. 스티브가 상당히 명망 있던 사람인 때문이었다.

"두 번째 삶이 끝났습니다. 그리고 이 죽음은 스티브에게 두 번째 죽음이었습니다. 첫 번째 죽음에서는 다시 살아났습니다. 하지만 이번에는……. 이번에는 마음의 준비를 끝냈습니다. 처음에 그는 여기 있는 것들, 여기 모인 사람들을 떠나지 못했습니다. 그가 여러분을 그리워하고, 여러분이 그를 그리워할 거라는 걸 알았기 때문입니다. 여기에 모인 우리 모두가 그렇겠지요. 하지만 두 번째 죽음을 맞아, 그는 다음에 어떤 삶이 있든간에 그 삶을 기꺼이 받아들이기로 했습니다. 우리 모두가 배운 대로 말입니다."

스티브는 그렇게 떠났다. 이번에는 영원히! 그곳이 어디이든 우리 모두가 언젠가는 가야 할 곳으로.

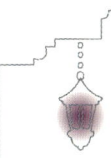

메시아가 오실 때

뚱뚱한 스모 선수가 죽으면 어떻게 매장할까? 산더미만 한 몸집의 사내를 깨끗이 씻겨 관에 넣고, 적절한 예의를 갖춰 땅 속에 묻는 데 필요한 특별한 장비를 갖춘 특별한 장의사가 따로 있을까? 화장을 해야 한다면, 그들을 위한 대형 화장로가 있을까? 나는 그런 특별한 경우를 전문으로 취급하는 장의사나 화장터가 어딘가에 틀림없이 있으리라 생각한다. 이처럼 필요한 때가 닥치지 않으면 우리가 생각 못했던 일이 많음을 알게 된다.

존더하우스 부인이 죽었을 때가 바로 그런 경우였다. 나는 존더하우스 부인을 딱 한 번 만났다. 내가 만났을 때 그 부인은 침대에서만

85

거의 10년을 지내고 있던 때였다. 여러 이유가 있었겠지만 중력의 법칙 때문에도 그 부인은 침대에서 벗어나지 못했다. 쉽게 말하면, 존더하우스 부인은 지극히 뚱뚱했다. '뚱뚱하다'는 단어 이외에 달리 표현할 방법이 없을 정도였다. 산이란 표현보다는 산맥이란 표현이 더 어울릴 지경이었다.

물론 플로리 존더하우스도 아주 작은 몸집으로 자기 어머니의 자궁에 들어앉았을 때가 있었을 것이다. 설령 '우량아'였더라도 아기는 아기였을 것이다. 비록 살이 쪘더라도 어느 때인가는 성적 매력을 풍겼던 때도 있었을 것이다. 그래서 로렌스 존더하우스가 그녀와 결혼하고 두 남매까지 두지 않았겠는가. 그녀의 아들은 참전해 목숨을 잃었고, 딸은 미국에 살고 있었다. 로렌스도 내가 그 회당에 부임하기 전에 세상을 떠난 듯했다. 그후로 존더하우스 부인은 바일런 홀에서 살았다.

바일런 홀은 큰길에서 쑥 들어간 조용한 공원에 둘러싸인 곳으로, 처음엔 별장촌이었지만 재정적인 이유로 요양소로 바뀐 곳이었다.

요양소 직원들은 10년 동안 존더하우스 부인을 정성껏 돌보았다. 하지만 그녀의 몸이 대형 침대를 넘치고도 넘쳐 돌보는 게 쉽지는 않았다. 존더하우스 부인이 그렇게 변한 의학적 원인이나 생리적 조건까지 내가 알 수는 없다. 혹 호르몬 불균형이나 유전적 요인 때문인지, 수분저류(water retention)나 지방축적 때문인지는 모르겠다. 그러나 그녀가 요양원에서 식이요법을 철저하게 따랐다는 것만은 확실하다.

여하튼 존더하우스 부인이 아프다는 소식을 듣고 요양원을 찾아가 처음 보았을 때 나는 너무 놀랐다. 거대한 몸집에 목소리는 놀라울 정도로 작았다. 그렇다고 병약한 목소리는 아니었다. 오히려 솜사탕처럼 감미로운 목소리였다. 그래서 이불 아래의 산덩어리를 보았을 때, 나는 그 큰 덩어리 전부가 그녀의 몸이라고는 짐작조차 못했다. 이불에 덮인 어떤 틀이라고 생각했다. 존더하우스 부인의 방은 당연히 1층에 있었고, 침대 위로 다리 모양의 구조물에 굵은 가죽끈들이 매달려 있었다. 욕창을 피하기 위해 몸을 뒤집거나 씻을 때 필요한

것이었다. 바퀴가 달린 욕조가 침대 옆에 붙어 있었고, 물론 침대 자체도 무척 튼튼하게 보강된 것이었다.

그런 상황이었기에 자주 목욕할 수 없었고, 시트를 교체하는 데도 간호사 두 명이 동원돼 2시간 남짓 씨름해야 했다. 그래서인지 방의 분위기는 어수선하기 그지없었다. 공원이 내려다보이는 창문도 자주 여닫지 않은 듯한 인상을 받았다.

어떤 이유인지는 정확히 몰라도 존더하우스 부인은 말년을 요양원에서 외롭게 살았다. 방에서 나올 수 없기 때문에 휴게실에 앉아 있을 수도 없었고, 산책은 꿈 같은 이야기였다. 누구도 그녀의 침대를 테라스까지 밀고 나갈 수 없었다. 의사와 간호사들도 필요한 때만 그 방에 잠깐 들를 뿐이었다. 그래서 존더하우스 부인은 대부분의 시간을 혼자 보내야 했다. 존더하우스 부인과 잠시 이야기를 나누면서 그녀의 삶에 대해 조금은 알게 됐다.

그녀의 방을 나오면서 나도 모르게 '아이쿠, 하느님. 부인이 죽을 때 우리는 어떻게 해야 합니까?' 라는 한숨이 저절로 나왔다. 존더하우스 부인을 목욕시키고 깨끗한 옷으로 갈아 입혀야 할 일들이 주마등처럼 눈앞을 스쳐갔다.

마침내 그때가 왔다. 많은 사람의 예상보다 훨씬 일찍 찾아왔다. 존더하우스 부인의 심장이 갑자기 운동을 그만둬야 할 시간이 됐다고 생각한 모양이었다. 다행히 바일런 홀 요양원은 비상대책을 마련해 두고 있었다. 내가 전화를 받고 목요일로 예정된 장례식을 집전하러 갔을 때 존더하우스 부인은 이미 얌전히 관에 누워 있었다. 결국 그런 불가사의한 분야를 전문적으로 취급하는 사람들이 있다는 뜻이었다.

그러나 누구도 묘지 관리소에 알리지 않았다는 걸 알고 내가 그곳에 미리 전화해 둔 것도 천만다행이었다. 우리가 목요일에 공동묘지에 도착했을 때 자그마한 굴삭기가 큼직한 웅덩이를 파두고 있었다. 웅덩이가 직사각형이 아니라 거의 정사각형에 가깝다는 것만이 달랐다. 다행히 비가 내리지 않아 길이 질척거리지 않았다. 조그만 이동식 크레인이 어렵지 않게 언덕길을 올라와 웅덩이 옆에 자리를 잡았다. 기중기는 존더하우스 부인의 관을 천천히 공중으로 들어올렸고, 웅덩이에 정확히 내려놓았다.

그런데 메시아가 오셔서 우리 모두가 다시 일어나야 할 때, 누가 플로리 존더하우스를 저 무덤에서 일으켜 세울 수 있을까?

모든 것이 믿음과 신뢰의 문제이다. 상대의 말이

참이냐 거짓이냐를 떠나서 우리가 그것을 어떻게

받아들이느냐에 따라 모든 것이 달라진다.

3.
믿음

욕실의 목소리

샌더슨 부인은 유대인이 아니었
다. 처음엔 그 사실이 약간 흥미롭게 여겨졌다. 그녀가 회당 앞을 지
나는 걸 가끔 보기도 했었다. 그런데 어느 날, 초로의 샌더슨 부인이
뭔가에 놀랐는지 랍비를 만나겠다고 회당으로 뛰어들어왔다. 비서
제럴딘은 내게 시간을 좀 낼 수 있겠느냐고 확인하고는 그녀를 내
사무실로 들여보냈다.

물론 해괴한 이야기였다. 하지만 나는 그런 이야기에서도 뭔가를
찾아내려 애쓰는 편이다. 다른 랍비라면 내 책상에 올라오는 이야기
의 절반이나 믿을까? 어쩌면 지금부터 하는 이야기를 내가 과장하
거나 거짓말하는 거라고, 심지어 나를 미쳤다고 생각할 사람도 없지

는 않을 것이다. 어쩌면 셋 모두라고 생각할 사람도 있을 것이다.

그녀는 겁에 질린 표정이었지만 침착했고, 자신의 이야기가 진지하게 받아들여지지 않을까 걱정했다. 그래서 나는 진지한 표정으로 그녀의 이야기에 귀를 기울였다.

결론부터 말하면, 샌더슨 부인의 욕실에 귀신이 나온다는 것이었다. 목소리가 들리고, 물건이 제멋대로 움직인다고 했다. 누군가 자신을 훔쳐본다고 생각했고, 너무 겁나서 욕실에 혼자 들어가지도 못했다. 샤워는커녕 변기조차 사용하지 못했다. 하기야 벗은 몸을 훔쳐보는 사람, 혹은 귀신이 있다고 생각하면 겁나지 않을 여자가 어디에 있겠는가.

그래서 내가 물었다.

"그 목소리가 뭐라고 말합니까?"

"한 사람의 목소리예요. 하지만 너무 작게 말해서 무슨 말인지 알아듣지 못해요. 그래서 더 겁나요."

"물건이 혼자서 움직인다고요?"

"예, 항상 그래요. 나는 분명히 수건을 선반에 올려놓았는데 나중에 보면 바닥에 떨어져 있어요. 세면대 옆의 선반에 있던 머리빗도 욕조에 떨어져 있기가 일쑤고요."

"물건이 움직이는 걸 직접 본 적이 있습니까?"

"아니요. 하지만 물건이 떨어지는 소리는 가끔 들었어요."

"아주머니를 해치기도 합니까?"

"그렇지는 않아요."

생각할 시간이 필요했다. 히스테리일까? 하지만 그녀는 십대 소녀가 아니라 초로의 여인이었다. 내 눈에는 60대 초반쯤으로 보였다. 목소리가 작아서 알아듣기 힘들 정도였다고? 그럼 옆집에서 켜놓은 라디오나 텔레비전 소리일 수 있었다. 물건이 움직인 건? 그녀가 옮겨놓은 것을 잊었거나, 그냥 떨어진 것일 수 있었다. 대형 트럭이 지나가면 집안의 물건이 흔들리지 않는가.

그러나 그녀는 절박했다. 자신의 교구 목사가 아무런 도움을 주지 못해 나를 찾아온 거라고 하소연했다. 이런 사람을 사무실에서 내보

내는 유일한 방법은, 그 이야기를 농담처럼 받아들이면서 다시는 내게 도움을 청하지 않겠다고 결심하도록 만드는 것이다. 그러나 그녀는 우리 회당에서 다섯 집 건너에 살았고, 나는 지금 다른 약속도 없었다.

그래서 나는 유대교에는 귀신을 쫓는 의식은 없지만 그녀의 집에 가서 직접 둘러보겠다고 말했다. 그녀는 큰 도움이 될 거라며 내게 몇 번이나 고맙다고 말했다.

나는 제럴딘에게 잠시 외출한다고 말해 두고, 샌더슨 부인과 함께 그녀의 집으로 갔다. 한쪽 벽이 옆집과 붙은 집이었다. 그 동네의 집이 대부분 그런 형태였다. 상당히 탄탄하게 지은 집이었고, 길에는 대형 트럭이 별로 다니지도 않았다. 집안에 들어서자 곰팡내가 약간 풍겼지만 나는 아무 말도 하지 않았다. 현관과 창문을 거의 닫아두고 지내는 노인들의 집에서는 흔한 현상이었다. 또 경찰이 노인들에게 창문을 꼭 닫고 지내라고 가르치지 않는가. 노인들만 사는 집을 노리는 비열한 도둑들 때문이었다. 우리가 살아가는 세상이 그렇다.

샌더슨 부인은 긴장한 표정이었다. 그래서 나는 차 한 잔을 끓여 달라고 부탁했다. 차를 마시고 싶어서가 아니라 나 혼자 편하게 둘러보고 싶어서였다. 나는 2층으로 올라가 욕실로 들어갔다. 그리고 욕실 문을 닫았다. 욕조 끝에 앉아, 나도 모르게 나지막하게 말했다.

"누구 있소?"

물론 아무런 대답도 없었다. 하기야 누가 거기에 있었겠는가? 그래도 노파심에 "알았소. 혹시 내 말이 들리거든 샌더슨 부인을 그만 괴롭혔으면 좋겠소. 그 노인을 괴롭힌다고 당신에게 무슨 도움이 되겠소. 그러니까 이제부터는 샌더슨 부인을 놀라게 하지 마시오."라고 말했다. 내가 왜 존댓말을 썼을까? 여하튼 공손해서 손해 볼 것은 없다는 생각이었다. 역시 대답이 없었다. 그래도 나는 잠시 욕실에서 시간을 보냈다. 샌더슨 부인에게 내가 시간과 공력을 들이고 있다는 걸 그렇게라도 알려주고 싶었다. 잠시 후 나는 아래층으로 내려가려고 일어섰다.

욕실 문을 닫으려는데 거울에서 깜빡거리는 빛이 보였다. 딱 한 번! 분명하지는 않았다. 그런데 놀랍게도 목소리가 들렸다. 나지막했지만 분명히 목소리였다. 목소리는 "알겠습니다, 랍비님."이라고 말했다. 나는 다시 욕실 문을 열었다. 번개처럼! 하지만 아무것도 보이지 않았고, 아무런 소리도 들리지 않았다.

나는 아래층으로 내려갔다. 갑자기 찻잔이 유난히 매력적으로 보였다.

"샌더슨 부인, 이젠 괜찮을 겁니다. 지금처럼 별일이 없을 겁니다."

무언의 설교자

내가 어렸을 때 우리 마을에 선지자가 온 적이 있다. 선지자라고 말하긴 했지만, 겉보기엔 보통 사람과 똑같아 보였다. 하지만 그가 보여준 행동은 지금도 잊을 수 없다. 그때부터 그는 내게 선지자의 전형으로 남아 있다.

그는 월요일에 와서, 마켓 스퀘어에 있는 조그만 호텔에 묵었다. 돌아오는 안식일에 회당에서 설교할 거라는 공고가 붙었다. 가슴이 설레고 두근거렸다. 그때 우리 회당에는 랍비가 없었고, 순회 설교자도 많은 편이 아니어서, 그가 설교자라는 사실만으로도 우리에게 환영을 받았다.

그러나 그런 분위기는 오래 가지 않았다. 이튿날 회당 위원회의 대표단이 그 떠돌이 설교자, 즉 나의 선지자를 만나러 갔다. 그들은 그를 정중히 환영하며, 어떤 주제로 설교를 할 거냐고 물었다. 그러자 그는 "나도 모릅니다. 내 말은 하느님에게서만 나올 뿐입니다."라고 대답했다.

나중에 회당의 하급 관리자인 하이미 슈마허가 내게 알려준 바에 따르면, 대표단은 한쪽 구석에 모여 밀담을 나눈 후에 결정을 내렸다. 대표단 회장인 모피상 레비 씨가 설교자에게 말했다.

"그럼 당신에게 우리 회당에서 설교하는 걸 허락할 수가 없군요. 당신 설교로 이교도들에게 빌미를 잡히고 싶지 않습니다."

그러자 설교자가 말했다.

"그래도 나는 설교를 할 겁니다."

곧 그런 소문이 널리 퍼져 나갔다. 그래서 다음날에는 지역상인 대표단이 그 조그만 호텔로 설교자를 찾아갔다.

"당신 설교 때문에 우리 사업에 영향을 받을까 걱정입니다. 우리가 이 지역의 타 종교 사람들과 어렵게 맺은 좋은 관계가 당신 설교로 피해를 보는 일은 없을 거라고 확답을 해주십시오."

"그런 약속은 해줄 수 없소. 나는 내가 설교해야만 하는 걸 설교할 뿐이오."

이튿날에는 학교 선생이 그를 만나러 가서 간곡히 말했다.

"저는 정성을 다해 우리 학생을 가르쳐왔습니다. 그들이 험한 세상을 꿋꿋하게 살아갈 수 있도록 말입니다. 당신의 설교가 그동안 내가 가르쳐온 내용을 부인하지 않을 것이고, 내 권위를 깎아내리는 일은 없을 거라고 확답해 주실 수 있겠습니까?"

설교자가 대답했다.

"그런 확답을 해줄 순 없소. 내 가르침은 내 마음에서, 하느님에게서 나오는 겁니다. 그런데 어떻게 진리의 말씀이 당신의 학문적 지식과 타협할 수 있겠소?"

그날 저녁에는 경찰서장이 그를 만나러 갔다.

"이상한 소문을 들었소. 당신이 유대인 회당에서 반역과 선동과 폭력을 설교할 거라는데, 그것이 사실이오? 그렇다면 당신에게 설교를 하지 말라고 경고하러 왔소. 만약 설교를 한다면 당신을 우리 마을에서 추방하거나 감옥에 가두겠소."

"나는 반역을 설교하지 않을 겁니다. 하지만 어떤 결과가 닥치든 내가 꼭 말해야만 하는 것을 말할 겁니다. 그리고 기꺼이 그 결과를 받아들이고 견딜 겁니다."

이튿날인 금요일에는 모두가 안식일을 준비하느라 바빠 설교자를 찾아갈 틈이 없었다. 그리고 토요일, 우리의 아담한 회당은 사람들

로 발 디딜 틈이 없었다. 앞줄의 오른쪽, 공동체 지도자들의 옆에는 경찰서장이 앉았고, 두 경찰이 출입문 옆에 서 있었다. 상인들과 학교 선생, 의사 등 평소엔 거의 예배에 참석하지 않던 사람들도 대거 자리를 잡고 앉아 있었다. 예배 순서에 따라 설교할 시간이 되자, 설교자가 강연대에 올라섰다. 모두가 가슴을 두근대며 설교를 기다렸다. 팽팽한 긴장감이 흘렀다.

설교자는 무엇을 말했을까?

아무 말도 하지 않았다.

그게 핵심이었다.

그는 아무 말도 하지 않았다.

그는 설교대 앞에 서서 두 손으로 설교대를 꽉 움켜잡고 있었다. 하지만 가끔 두 손을 풀고, 뭔가를 강조하듯 두 손으로 허공을 가르기도 했다. 그는 분명히 입을 열고 뭔가를 말하고 있었지만 소리를 내지는 않았다. 나지막하게 말하는 것도 아니었다. 입술을 읽어내는 사람이라면 그가 무슨 말을 하는지 짐작했겠지만 회당에 그런 사람

은 없었다. 그는 무언극을 하듯 몸짓으로 말할 뿐이었다. 그는 연단을 오르락내리락했고, 주먹을 불끈 쥐고 흔들기도 했다. 우리 모두 귀머거리가 된 기분이었다.

처음에 몇몇 사람이 킥킥거렸지만, 말없이 말하는 설교자의 해괴한 모습에 모두가 당황하는 표정이 역력했다. 사람들은 점점 안절부절못하고 지루해 하기 시작했다. 그러나 설교자는 그런 반응에 아랑곳하지 않고 설교를 계속했고, 사람들은 뭔가에 사로잡힌 듯 꼼짝없이 앉아 있었다. 그냥 앉아서 지켜볼 수밖에 없다는 강박감에서 벗어나지 못했다. 설교자의 말, 아니 설교자의 들리지 않는 말을 들어야 한다는 강박감이었다.

그가 마법을 풀었던 것일까? 이삼십 분쯤 지나자 그의 목소리가 들리기 시작했다. 설교자는 다시 설교대를 꽉 움켜잡고 경찰서장과 회당 지도자, 상인들과 학교 선생을 차례로 쳐다보고는 "나는 여러분의 소망과 내 바람을 이루었습니다. 내가 말해야만 하는 걸 말했고, 여러분은 듣고 싶은 걸 들었습니다. 나는 그것을 말해야만 했고, 여러분은 각자 이해에 따라 듣고 싶지 않은 말이 있다는 걸 내가 알았기 때문입니다. 그래서 우리 모두가 만족할 수 있었습니다. 샬롬." 이라고 말했다.

그는 자리에 돌아가 기도서를 집어 들고 청아한 목소리로 기도문을 읽었다. 그후로 그는 한마디도 하지 않았다. 예배가 끝날 때 '샤

바트 샬롬(평화로운 안식일)'이라 말했을 뿐이었다. 그리고 신도들에게 가볍게 목례를 하기는 했지만, 누구의 초대도 받아들이지 않고 호텔로 돌아갔다. 안식일이 끝나자 그는 미련 없이 우리 마을을 떠났다. 나는 그날 아침 일찍부터 밖에서 놀고 있어서, 그가 떠나는 걸 지켜본 극소수 중 한 명이었다.

그러나 이튿날부터 온갖 억측이 난무하기 시작했다. 그가 무슨 말을 했는지 모두가 알고 싶어 했다. 모두가 나름대로 이론을 전개하며 다른 의견을 내세웠다. 젊은 사람들은 "그분은 우리에게 억압에서 벗어나 자유롭게 살라고 말씀하셨습니다. 따라서 우리도 자유롭게 말할 수 있습니다!"라고 주장했다. 어떤 사람은 "그분은 우리에게 성지로 가라고 말씀하셨습니다. 거기에서는 우리가 자유롭게 말할 수 있기 때문입니다!"라고 말했다. 또 어떤 사람은 "그분은 우리에게 겸손하고 신중하게 행동하라고 말씀하셨습니다. 특히 경찰이 주위에 있을 때는 신중하게 말하고 행동하는 게 중요하다고 가르쳐주었습니다."라고 말했다.

또 어떤 사람은 "그분은 부자들에게 너그러운 마음으로 재물을 나눠주라고 했습니다. 그러지 않으면 모든 걸 잃게 될 거라고 경고했습니다."라고 주장한 반면에, "그분은 가난한 사람들에게 시샘하지 말고, 이 땅에서 허락된 운명을 기꺼이 받아들이고 조용히 살라고 경고했습니다."라고 주장하는 사람도 있었다.

또 어떤 사람은 "그분은 우리에게 하느님과 하느님의 거룩한 가르침을 잊지 말라고 촉구했습니다!"라고 주장했고, 어떤 사람은 "그분은 우리에게 악행을 멈추고, 아내와 남편에게 충실하라고 역설했습니다."라고 주장했다. 특히 이 말에 수긍하며 고개를 끄덕이는 사람이 많았다.

그후로 안식일이면 모두가 그 비범한 설교를 기억하며 마음을 다잡는 계기로 삼았다. 그 무언의 설교는 우리 모두에게 각자의 양심, 각자의 약점, 각자의 꿈, 각자의 두려움에 속삭였던 설교였다.

그 선지자는 우리 마을에 다시 오지 않았지만 그가 남긴 흔적은 영원히 사라지지 않았다. 그러나 나는 그가 실제로 무엇을 말했는지 알고 있었다. 그가 일요일 아침 우리 마을을 떠나면서, 내게 손을 흔들어주며 말해 주었기 때문이다.

그러나 여기에서 그 말을 밝힐 수는 없다.

여러분 각자가 생각해 보라. 그가 뭐라고 말했을지.

다른 아이는 어디에 있을까

우리 모두의 내면에는 어린아이가 있다. 귀가 닳도록 들어온 말이지만, 정확히 무슨 뜻일까? 우리 내면에 있다는 아이는 대체 누구일까? 그 아이는 대체 나와 무슨 관계가 있는 것일까?

신도들은 틈만 나면 나를 찾아온다. 궁금한 것과 문젯거리를 들고 온다. 그들을 만나 함께 고민하는 것이 내 일과이며, 나는 그들의 문젯거리 하나하나를 가볍게 넘길 수 없다. 해답을 갖고 오는 사람, 이른바 '진리'를 알고 있다고 믿는 사람, 내게 무엇을 해야 하고 무엇을 믿어야 하는지 말해 주려고 오는 사람…… . 솔직히 말해서, 이런 사람들이 랍비에게는 가장 골치 아픈 사람들이다. 그러나 고민거리를 상담하려고 오는 사람들도 있다. 그들의 고민거리는 얼핏 보면 비슷하지만 하나같이 다르다. 따라서 랍비라면 고민거리 뒤에 감춰진 고민거리를 찾아내야 한다. 그렇지 않으면 결코 해결책을 찾아낼 수 없다. 랍비 노릇을 오래 해도 그것이 쉬운 일은 아니다. 어쩌면 그것 때문에 사람들을 상대하는 일이 한결 흥미롭게 느껴지기도 한다. 하느님도 나와 같은 기분일지 궁금하긴 하지만.

어느 날 한 여인이 상담을 신청했다. 우리는 자리를 잡고 앉아 일상적인 인사말부터 나눴다. 그 여인은 무척 진지한 표정으로 유대인이 되겠다고 말했다. 대체 무슨 뜻일까? 채식주의자가 되고, 새로운 시민권을 얻고, 국적을 바꾸는 것과 비슷한 것일까? 내가 열쇠를 꺼내 문을 열어주면, 그녀가 유대인이 되는 것일까? 그녀를 유대인으로 만들어주는 비방이라도 처방해 줘야 하는 것일까? 거짓말이 아니라, 정말로 그렇게 하면 유대인이 될 수 있다고 믿는 사람이 있는 듯하다.

"유대교의 비밀을 알려주십시오. 주사라도 놓아주십시오."

"유대교의 비밀을 묶은 책을 살 수 있을까요?"

"회당에서 발행하는 잡지를 구독할 수 있을까요? 충실히 읽으면 훌륭한 유대인이 될 수 있나요? 전문 잡지를 열심히 보면 뜨개질도 잘할 수 있고, 모델처럼 미끈한 몸매도 가질 수 있잖아요."

내가 세상을 빈정거리는 것처럼 들리는가? 그렇다면 그동안 종교에 귀의하고, 종교를 바꾸며, 심지어 돈 주고 종교를 사려는 행위에 대한 잘못된 생각을 숱하게 듣고 경험한 때문일 것이다. 따지고 보면 나도 한낱 인간에 불과하다. 천지를 창조하신 분의 사무실에서 일하는 일개 직원에 불과하다. 나는 하느님도 아니고 선지자도 아니다. 고해를 들어주는 신부도 아니고, 엄격한 서원(誓願)을 마친 수도자도 아니다. 나는 공동체를 위해 일하고, 많은 회원이 그들의 종교에 관심을 잃어가는 이유를 분석하고 해결책을 찾아보려 애쓰는 사람이다.

그런데 회원이 아닌 사람들이 왜 우리 종교에 관심을 갖는 것일까? 무척 어려운 방정식이다. 우리 공동체가 한층 더 발전하려면, 제대로 참석하지 않는 회원을 절반쯤 쫓아내고 열심히 참석하려는 사람들을 회원으로 받아들여야 하는 것일까? 간단히 대답할 문제는 아니다. 그러나 많은 동료가 그렇듯이 나도 언젠가는 우리 모두가 설교와 가르침에 따라 사이좋게 살아가고, 행정적 업무를 처리하고 내부의 갈등을 해결하는 데 시간을 허비하지 않으며, 또 자신들이 무슨 말을 하는지조차 모르는 사람들에게 만면에 미소를 짓고 그들의 말을 공손히 들어줘야 하는 데 소중한 시간을 허비하지 않는 날이 오리라고 꿈꿔본다.

다시 그 여자의 이야기로 돌아가보자. 그녀는 홀로코스트가 끝나고 10년 후에야 태어났지만 여전히 그때의 악몽에 사로잡혀 지냈다. 그녀는 이곳 독일에서 태어났다. 그럼 죄의식과 분노가 복잡하게 뒤섞인 감정에 시달리며, 그녀의 부모와 조국이 저지른 과거에 거리를 두려는 것일까?

적어도 겉보기에는 지극히 평범하고 균형 잡힌 여인처럼 보였다. 나를 쳐다보는 눈빛과 미소도 무척 안정돼 보였다. 안절부절못하며 몸을 비틀지도 않았다. 자기 생각에만 푹 빠진 것도 아니고, 우울증에 사로잡힌 모습도 더더욱 아니었다. 내가 랍비이기 때문에 유대교의 신비로운 마법을 동원해서 그 의문을 풀어줄 것이라 기대하는 간절함도 엿보이지 않았다. 그녀가 유대인이 되려는 특별한 이유는 어디에서도 찾아지지 않았다. 남자친구가 유대인인 것도 아니고, 남편이나 사랑하는 남자가 유대인인 것도 아니었다. 이스라엘로 이주할 계획도 없다. 나사렛에서 태어나서 나무 십자가에 못 박혀 죽었다는 예수와 긴밀한 관계를 맺고 싶어 하는 경건파 신교도도 아니었다. 결혼했지만 이혼했고, 학교에 다니는 딸이 있는 여자일 뿐이다.

그녀의 아버지가 유대인인 것도 아니었다. 친할머니는 물론이고 사돈의 팔촌의 이웃이 유대인인 것도 아니었다. 겉으로 보면, 유대인이나 유대교와 아무런 관계가 없었다. 그러나 그것은 겉모습일 뿐이다.

내면으로 들어가면 한층 복잡해진다. 그녀는 작은 마을에서 살았다. 물론 주변에 유대인은 없었다. 그런데 그녀의 마음 한구석에는 언제나 채워지지 않는 공허함이 있었다. 내가 잘 아는 느낌이다. 그런 느낌이 없었다면 내가 어떻게 랍비가 되었겠는가. 그녀는 자신이 원래 다른 집단에 속한 사람이란 느낌을 지워낼 수 없었다. 경험하거나 책에서 읽지도 않은 뭔가가 머릿속에 남아 있는 듯했다. 그것이 그녀의 고민거리였다. 그 기억들의 정체가 무엇일까? 대체 그녀는 누구일까? 이런 질문에 나는 뭐라고 대답해야 할까?

그녀가 여덟 살이던 해, 어느 날 어머니에게 "엄마, 난 유대인이에요."라고 말했다. 어머니는 손에 들고 있던 접시를 떨어뜨리며, "다시는 그런 소리 하지 마라!" 하고 나무랐다. 그로부터 삼십 년이 지난 후에도 그 사건은 기억 속에서 지워지지 않았다. 왜 그런 말을 했을까? 그녀도 그 이유를 몰랐다. 하지만 그때 그렇게 말한 것만은 뚜렷이 기억했다.

그래서 어떻게 됐을까? 달라진 건 없었다. 겉으로는 아무것도 달라지지 않았다. 그러나 내면에서는 다른 기억들이 열리기 시작했다. 그녀는 어떤 노래를 흥얼거렸다. 한 번도 들어본 적은 없지만 분명히 알고 있는 노래였다. 마을 사람 누구도 들어본 적이 없었고, 놀이터에서 흔히 불리는 노래와도 완전히 다른 노래였다. 오랜 시간이 지난 후, 그녀가 대학을 졸업한 후에야 라디오에서 그 노래를 처음 들었다. 유대교의 전례음악이었다.

나는 점점 그녀의 이야기에 빠져들었다. 내가 그녀의 말을 믿는 것일까? 매번 나는 이런 결정을 내려야 했다. 물론 그들이 내게 말하는 이야기의 객관적 증거는 없다. 하지만 내가 나 자신에게 말하는 것도 구체적인 증거는 없잖은가. 누구도 증조할머니가 묻힌 곳을 증명해 주는 서류를 갖고 다니지는 않는다. 어린 시절의 모습을 녹화한 비디오테이프를 갖고 다니는 사람도 없다. 모든 것이 믿음과 신뢰의 문제이다. 상대의 말을 어떻게 받아들이느냐에 따라 달라진다. 경험하지 않은 것을 이미 경험한 것으로 느끼는 '데자뷔'를 어떻게 설명할 수 있겠는가? 예기치 못한 깨달음을 얻었을 때의 오싹한 느낌을 누가 제대로 설명할 수 있겠는가? 또 꿈과 악몽을 누가 속 시원히 설명해 줄 수 있겠는가?

나는 현대에 살고 있지만 옛 전통을 유지하는 일을 한다. 이 둘, 즉 현대 사회와 전통 사회는 끊임없이 충돌한다. 노예에 대해 말하는 옛 문헌과, 자기노예화를 자기희생으로 그럴듯하게 포장한 현대의 책들도 끝없이 충돌한다. 이 둘을 하나로 이어주는 연결점은 어디에 있을까? 과거와 현재를 어떻게 조화시킬 수 있을까?

꿈은 과거와 밀접한 관계가 있다고 우리는 배웠다. 프로이트를 읽었느냐 읽지 않았느냐는 중요하지 않다. 또 프로이트 이론을 인정하느냐 그렇지 않느냐도 중요하지 않다. 우리는 그렇게 배웠고, 그렇게 받아들였다.

잠을 잘 때 우리는 꿈을 꾼다. 자신이 경험한 것을 꿈 속에서 어떤 형태로든 재가공한다. 그렇다고 꿈에서 본 모든 것이 설명되지는 않는다. 꿈에서 우리가 실제로 가보지도 않은 곳을 어떻게 가고, 우리

가 만나본 적도 없는 사람을 어떻게 만날 수 있는지도 설명되지 않는다.

옛 사람들은 꿈을 다른 식으로 이해했다. 그들은 꿈을 과거만이 아니라 미래에도 연결시켰다. 또 내면에서 오는 것이 아니라 외부에서 오는 것이라고 생각했다. 따라서 어떤 외부에서 어떤 목적으로 오느냐, 혹은 가까운 미래나 먼 미래를 말해 주는 것이냐, 아니면 현재에 관련된 것이냐를 해석하려 애썼다.

대체 그녀의 머릿속에서 어떤 일이 벌어진 것일까? 그녀를 내게 인도한 것, 그녀에게 회당 전화번호를 찾게 만든 것, 또 일면식도 없는 내게 전화를 걸어 어린 시절과 알 수 없는 두려움, 꿈과 악몽을 거짓 없이 털어놓게 만든 것은 대체 무엇일까?

우리는 천천히 조금씩 이야기를 이끌어갔다. 그녀는 자주 말을 멈추었지만, 나는 재촉하지 않았다. 나에게도 생각할 시간이 필요했기 때문이다. 그녀는 '유대인이라 느끼면서' 평생을 살아왔다지만, 그 느낌을 정확히 표현하지는 못했다. 충분히 이해할 수 있다. 느낌은 인식이고, 내면에 깊이 자리 잡은 것이기 때문이다. 내가 그녀에서 랍비까지 찾아갔다면 그 느낌을 어떻게 표현했을까?

그녀의 악몽은 끊이지 않고 되풀이되었다. 기억에 남은 어린 시절까지 거슬러 올라간다. 그녀는 기차 안에 갇혀 있었다. 기차 안은 어둡고 추웠다. 그녀는 외롭고 겁에 질려 있었다. 그런데 그녀의 품에 다른 아이가 안겨 있다. 남동생도 아니고 여동생도 아니다. 그저 외롭고 두려움에 짓눌린 다른 아이일 뿐이다. 그들의 부모는? 누가 알 겠는가. 여하튼 그들의 부모는 주변에 없다. 그녀는 다른 아이의 손을 잡고 어디론가로 걸어갔다. 어딘지는 모르지만, 좋지 않은 곳이란 것만은 안다. 정확히 말하면, 좋지 않은 곳이라고 느낀다. 그들이 죽게 될 거라고 느낀다. 두려움이 밀려와 견딜 수가 없다. 그들은 함께 마주 보며 울었다. 하염없이…….

그러다 잠에서 깼다. 깰 때마다 얼굴은 눈물로 범벅이었다. 베개도 흠뻑 젖어 있었다. 가슴까지 답답했다. 깊은 상실감과 슬픔이 밀려왔다. 혼자라는 기분이다. 유대인이란 기분이다.

나는 아무런 대답을 하지 않았다. 아니, 대답할 수가 없었다. 그저 '합리성'이란 늪에서 허우적거릴 뿐이었다. 책상에 놓인 전화가 울리면서 나를 그런 곤경에서 구해 주길 바랐다. 아니다, 전화가 울리지 않기를 바라는 마음도 한구석에 있었던 것 같다.

곧 이런 감상에서 벗어나 사무적인 자세를 찾았다. 밖에는 햇살이 반짝이고, 내 책상에는 서류가 잔뜩 쌓여 있었다. 벽에 걸린 시계는 끊임없이 째깍거렸다. 이제 현실적인 문제를 다루어야 했다. 입회에 필요한 서류를 채워야 하고, 반드시 읽어야 할 책을 소개했다. 게다가 예배에도 참석해야 한다고 말했다. 그리고 무엇이 그녀의 삶을 여기까지 끌고 왔는지, 또 그녀가 정말로 유대인이 되고 싶은 것인지 우리가 논의할 시간을 가져야 한다고 말했다. 그런 후에 공동체가 그녀를 받아들일지 여부를 결정한다. 시험 기간을 두는 셈이다. 누구에게나 적용되는 원칙이다. 그녀는 내 말을 이해한 듯 고개를 끄덕였다. 그녀는 입회에 필요한 서류를 챙기고, 내게 고맙다고 말했다. 그리고 일어나 사무실을 나갔다.

나는 그녀를 비웃지도 않았고 쫓아내지도 않았다. 그녀를 아주 진지하게 대했다. 왜 그랬을까? 그녀가 떠나고 한 시간쯤 지나서야, 나는 조금 전부터 내 뇌리에서 떠나지 않던 의문이 무엇인지 깨달았다. 그녀와 나를 비롯해 누구도 대답할 수 없는 질문, 한없이 어리석은 질문이었다. 하지만 걸핏하면 우리를 괴롭히는 질문이다.

다른 아이는 지금 어디에 있을까?

악령은 있다

옛날에 악령이 있었다. 물론 지금도 있다. 터무니없는 말이라고 일축해 버릴 사람도 있겠지만, 악령이 없다고 단정할 수도 없다. 옛날에 악령이 있었고, 지금도 있다. 그럼 어디에 있을까? 대답하기 어렵다. 하기야 누가 자신 있게 말할 수 있겠는가.

나는 내가 본 것도 제대로 표현하지 못한다. 그래서 내가 본 것을 쓰지는 않을 것이다. 또 작가들처럼 직유와 은유를 섞어가며, 악령이 어떻게 생겼다고 꾸며서 이야기하지도 않을 것이다. 악령이 얼마나 크고, 어떤 색이며, 어떤 말을 하는지도 이야기하고 싶지 않다. 또한 악령이 어떻게 말하고 목소리가 어떻다고 말하지도 않을 것이다. 이런 외적인 묘사는 내게 별로 중요하지 않다. 악령은 분명히 존재했다. 어떤 식으로든 존재했다는 사실이 중요할 뿐이다.

내가 어디에 있든 악령도 있었다. 어떤 식으로든! 나는 악령을 실제로 본 것보다 더 실감나게 느꼈고, 악령의 목소리를 들은 것보다 더 확실하게 악령의 존재를 알았다. 악령은 분명히 있었다. 하지만 뭐라고 말하기 힘들었다.

우리는 대화를 나누었다. 그것도 대화라 할 수 있다면. 우리 사이에 커뮤니케이션이 있었다. 생각과 의견을 나누었다. 내가 먼저 말했다.

당신은 왜 여기에 있는 거요?

악령이 대답했다.

내가 존재하기 때문이지.

여기에서 나는 인용부호를 사용하지 않았다. 인용할 것이 없기 때문이다. 우리는 대화를 나누기는 했지만 물리적 소리로 대화를 나누지는 않았다. 악령과 대화하려면 그 방법밖에 없다.

내가 존재하기 때문에? 그런 대답이 어디 있소.

네가 언젠가는 찾아내야 할 대답이겠지.

더 물어봐도 되겠소?

너는 내게 물을 자격이 없다. 너는 내게 물어볼 위치에 있지 않아.

그럼 마크의 이름으로 묻겠소. 당신이 마크에게 씌웠으니까. 마크는 당신을 달갑게 생각지 않아요. 그래서 나한테 도와달라고 하더군요.

알고 있다.

왜 마크에게 달라붙은 거요? 왜 마크에게 들어가 있는 거요? 원하는 게 뭐요?

잠시 침묵이 흘렀다. 침묵이 얼마나 오랫동안 계속됐을까? 글쎄, 악령의 시간은 우리와 다르니까 확실히 말할 수 없다. 악령은 시간과 공간을 초월한다. 이 세계, 과거의 세계, 미래의 세계를 한꺼번에 돌아다닌다. 하지만 꾸물대는 때가 있다.

악령이 말했다.

그가 나한테 온 거다. 그가 나한테 온 거라고. 그가 나를 불렀어. 그래서 내가 간 거야. 왜 내가 일부러 찾아가야 하지?

마크는 당신을 부를 생각이 아니었소. 어려서 실수했던 거요.

어린 데다 어리석었지.

그렇소, 어린 데다 어리석었소. 하지만 이젠 나이가 들어서 당신이 그만 떠나주기를 바라고 있소.

나이가 들었지만 그는 여전히 어리석어. 왜 그가 너에게 도와달라고 했을까?

내가 그의 랍비이기 때문이오. 마크가 내게 지금까지 살아온 이야기를 했소. 파티에 대해서, 마약과 강신술에 대해서도. 도박에 대해서도 말했소. 지금까지 어리석게 살았다고. 하지만 어려서 저지른 잘못이었소. 그런 짓을 하면 어떤 결과가 닥칠지 몰랐던 거요. 그 결과가 이렇게 오랫동안 지속될지도 몰랐고.

재미있군. 나도 다 기억하고 있지. 하나도 빼놓지 않고. 그의 맞은편에 앉았던 여자, 그가 유혹하려고 했던 여자까지도 기억하지. 그 녀석은 나를 이용하려고 했어. 그 여자한테 자기가 대단하고 용감하고 강한 사람인 양 과시하고 싶어 했지. 멍청한 녀석! 제대로 알지도 못하면서 갖고 놀려고 얼마나 준비를 했는데. 그때 나는 그 녀석이 사용하려고 한 도구에 불과했어. 그 녀석이 사용하고 싶어 한 도구였다고. 하지만 지금은 그 녀석이 내 꼭두각시가 됐지. 내가 원하는 걸 그 녀석을 통해 하니까. 그 여자도 어리석었지. 여하튼 그가 나를 먼저 불렀어.

이제 그가 당신이 떠나주기를 원합니다.

원한다고? 싹싹 빌어야지. 손발이 닳도록 빌어야지.

그럼 물러나겠소?

어쩌면.

어떻게 빌어야 합니까? 내가 마크에게 전해 주겠소.

그는 내게 자기의 영혼을 주었지. 영혼을 돌려달라고 빌어야겠지.

아니요, 마크가 당신에게 영혼까지 주지는 않았소. 당신이 그의 영혼을 빼앗아간 거지.

내가 들어가는 걸 허락했어.

하지만 그건 그의 의도가 아니었소.

천만에, 그는 그 여자에게 들어가고 싶어 했어. 그런데 내가 그 녀석에게 들어갔지.

이제 내가 정중히 부탁하니, 그를 떠나주기를 바랍니다.

당신이 뭔데?

나는 랍비요. 마법사가 아니오. 당신과 대화를 하려고 내가 여기에 온 거요. 당신에게 강요할 생각은 없소. 카발라를 사용하지도 않을 거요. 주문이나 촛불을 사용하지도 않을 거요. 향이나 주술을 사용하지도 않을 거요. 나는 그런 주술적인 것에 관심이 없소. 내가 마크를 대신해서 부탁하겠소. 그를 떠나주시오. 마크도 이젠 편안하게 세상을 살고 싶어 하니까.

결국 내가 그의 안에서 살 건지, 떠날 건지를 결정해야겠군.

선택의 문제가 아니오. 그는 아직 젊소. 가족도 있고.

당신은 다른 사람들만큼 어리석지가 않군. 다른 사람들은 무슨 뜻인지도 모르고 제대로 발음도 못하는 아람 어 나부랭이를 지껄이면서 나를 쫓아낼 수 있을 거라고 생각하는데 말이야.

칭찬해 줘서 고맙소. 이제 그를 떠날 준비가 된 거요?

준비야 됐지…… 협상할 준비.

원하는 게 뭐요?

네가 나한테 줄 수 있는 게 뭔가?

나는 당신이 내 신도를 건드리지 않기를 바랄 뿐이오. 마크가 평온을 되찾는다면 당신도 편할 거요. 그게 내가 당신에게 제안할 수 있는 거요.

뻔뻔하구먼.

그렇게 들릴 수도 있을 거요. 그럼 당신은 뭘 기대한 거요?

랍비에게? 그 이상을 기대할 순 없겠지. 하지만 그 때문에 당신을 존중해 주는 거고.

고맙소. 마크는 어떻게 하겠소?

마크? 이제 마크 안에 있는 것도 지겨워. 생각도 얕고. 두려워할 필요가 없는 걸 두려워하고, 정작 두려워해야 할 것은 두려워하지 않지.

우리 대부분이 그렇소. 우리는 한낱 인간이잖소. 그게 우리 약점이면서 강점이기도 합니다.

무슨 말이야, 강점이라니?

이런 식으로 생각해 보시오. 만약 내가 두려워해야 할 것을 정말로 두려워한다면 당신과 지금 어떻게 이야기를 나눌 수 있겠소?

네가 나를 오라고 하지 않았나.

나는 당신에게 오라고 하지 않았고, 그냥 불렀더니 당신이 온 거요. 결국 당신이 여기에 온 것은 당신의 의지였지 내 의지가 아니었소.

듣고 보니 그렇군. 내가 온 거지. 여하튼 네가 나한테 줄 수 있는 게 뭔가?

우리가 사이좋게 지내기를 바랍니다.

내가 왜 그래야 하지?

당신에게는 마크가 필요하지 않지만, 마크에게는 그 자신이 필요합니다.

그 자신? 그가 자신이 누구인지나 알까?

모를 거요. 지금은 알 수도 없을 거요. 당신이 그를 차지하고 있으니까요.

나는 악령이다.

압니다. 알고 있습니다.

나는 내가 원할 때 간다.

압니다. 그것도 압니다.

나는 내가 결심할 때 간다.

알고 있습니다. 나도 그 점을 존중하고, 충분히 이해합니다.

너는 아무것도 제대로 모른다.

악령은 존재했다. 악령은 분명히 존재한다. 하지만 여기에는 없다. 악령의 존재가 이제 느껴지지 않는다. 작별인사는 없었다. 떠났다는 증거도 없었다. 하지만…… 없다.

일어나라, 마크! 이제 두 눈을 똑바로 떠라. 배워야 할 게 많으니까.

모세 라베누

모든 랍비는 때로는 위원회의 심사를 받아야 한다. 무작위 선정된 평신도로 이루어진 위원회나 평의원회가 랍비로서의 역할을 정밀하게 심사하는 긴장된 시간을 겪어야 한다. 옛날에 해적의 포로들은 눈을 가린 채 뱃전에서 바다 위로 걸쳐놓은 널빤지 위를 걸어야 했지만, 랍비는 뱃전을 걸어야 한다. 바다를 지배하는 상어는 다행히 신속하게 목숨을 끝내주지만, 회당의 형제들은 랍비의 리더십을 비판적으로 평가한다는 점에서 훨씬 더 가혹하다. 흥미롭게도 랍비에게는 공동체를 비판하는 게 허용되지 않지만, 공동체는 그들의 랍비를 언제라도 비판할 수 있다.

이런 긴장된 평가의 시간이 끝난 후, '마조히스트'로 알려진 랍비 모르드개 갈겐봄이 인상적인 설교를 했다. 유대력으로 연말이 다가오던 때였다.

랍비 모르드개는 《토라》에서 모세가 죽음을 향해 다가가던 때의 고뇌를 다룬 구절을 〈시드라〉로 선택해 읽었다. 그러고는 《토라》를 성궤에 다시 올려놓고, 설교대로 돌아가 신도들에게 "모세 라베누를 왜 모세 라베누라고 하는지 아십니까?"라고 물었다. 당시 모르드개는 그 회당에서 꼬박 2년째 랍비로 봉직하던 때였다.

뜻밖의 질문이었다. 신도들은 선뜻 대답하지 못하고 거북한 표정으로 의자에 앉아 몸을 비틀었다. 게다가 평의원회로 활동한 위원 중 두 사람만이 예배에 참석하고, 다른 위원들은 모두가 성스러운 안식일에도 장사에 몰두하고 있던 터였다. 그런 관습을 랍비 모르드개는 못마땅하게 여겼지만 꾸중할 수 없었다. 지역의 관습이 랍비의 가르침보다 언제나 우위에 있기 때문이었다.

모르드개 랍비가 빙긋이 웃으며 말했다.

"제가 말씀드리지요. 왜 《토라》에서는 모세를 '우리의 지혜로운 분 모세'란 뜻으로 '모세 하캄'이라 칭하지 않을까요? 우리의 왕 모세, 우리의 군주 모세, 우리의 심판자 모세, 우리의 전사(戰士) 모세, 우리의 정의로운 분 모세 등과 같이 리더십을 뜻하는 이름으로 부르지 않는 이유가 무엇일까요? 《토라》에 따르면, 하느님과 얼굴을 마주한 충직한 종, '우리의 랍비'란 뜻으로 모세 라베누라고 칭한 이유가 무엇일까요?"

예배에 참석한 충실한 신도들은 여전히 어리둥절한 표정이었다. 누구도 그 답을 짐작하지 못하는 듯했다. 랍비 모르드개가 다시 말했다.

"모세는 랍비의 표본입니다. 왜 그럴까요? 이렇게 생각해 보십시오. 모세는 40년 동안 광야에서 이스라엘 민족을 섬겼습니다. 그렇지만 그들은 고마워할 줄 몰랐습니다. 틈만 나면 모세에게 불평을 일삼았고, 반항하며 위협하기도 했습니다. 고분고분 순종하는 법이 없었습니다. 언제나 반박하고 억지를 부렸습니다. 모세가 잠시라도 등을 돌리면, 그들은 모세가 죽은 거라 생각하고 다른 신과 우상을 찾기 시작했습니다.

하느님은 모세에게 모순되는 요구를 하고, 골칫거리를 떠넘겼습니다. 심지어 장인인 이드로를 만난 후에야 아내 십보라를 보았기 때문에 결혼도 제대로 못할 뻔했습니다. 더구나 두 아들, 게르솜과 엘리에셀이란 이름도 자유롭게 언급하지 못합니다. 아론 제사장은 자신의 지위를 살아남은 두 아들에게 넘겨줄 수 있었지만, 모세는 그것마저도 못했습니다. 바위에서 작은 실수를 했다고, 그 때문에 엄청난 비판을 받았습니다. 할 일을 끝내고도 아무런 보상을 받지 못하고, 다시 광야로 쓸쓸하게 죽으러 갔습니다. 이스라엘 백성은 30일 동안 목 놓아 울었지만, 그후로는 모세를 잊었습니다.

그것만이 아니라, 모세가 그들에게 가르친 것도 잊었습니다. 모세가 공들여 쓴 유일한 책도 죽은 후에야 출간돼서 저작권료를 한 푼도

받지 못했습니다. 바로 이런 이유에서, 모세가 그후에도 유대인을 섬기면서 인도한 모든 사람들의 진정한 표본이기 때문에 '모세 라누베'라고 부르는 겁니다."

짧은 설교였다. 그러나 그 여파는 엄청났다. 랍비 모르드개는 그후 2년 동안 랍비로 일할 자리를 구하지 못했다. 그는 결국 가톨릭으로 개종해 스타니슬라프 수도원에 들어가 유대교를 비판하는 글을 쓰는 데 주력했다.

한편 그가 일하던 회당은 3년 후에야 기도문 독창자를 구했다. 그런데 그는 문맹이어서 신문을 읽지 못했고, 따라서 지식인 체하면서 분란을 일으킬 염려가 없었다. 그래서 어떤 면에서도 모두가 행복하게 지냈다.

결혼은 하늘에서 맺어주는 것이라 말한다. 누구에

게나 수호천사가 있어, 그 수호천사가 태어날 때

헤어진 쌍둥이 영혼을 만나게 해준다는 뜻이다.

4.
사랑

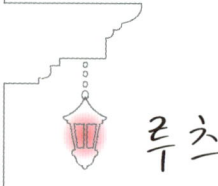

루츠

루츠는 단순한 사람이었다. 그다
지 똑똑하지 않았다. 그는 동네를 한가하게 돌아다니면서 누구에게
나 밝은 미소를 지어 보였지만 말은 거의 하지 않았다. 예배에도 부
인과 함께 빠짐없이 참석했다. 아담한 체구인 에바는 성가대원이었
다. 거의 수십 년 동안 성가대원으로 활동한 까닭에, 누구도 에바에
게 조개껍데기가 깨지는 듯한 목소리가 예배의 은총과 장엄함을 더
해 주지 못하니 노래를 그만하라고 감히 말하지 못했다.

에바는 언제나 루츠와 함께 예배에 참석했고, 루츠는 뒤에서 두
번째 줄에 혼자 앉아 흐뭇한 얼굴로 성가대석의 에바를 지켜보았다.
그의 앞에는 《토라》도 놓여 있지 않았다. 그저 모두가 일어설 때 일

어섰고, 모두가 앉으면 앉을 뿐이었다. 그러나 얼굴의 미소는 언제나 그대로였다. 루츠의 키는 138센티미터였고, 에바는 그보다 조금 작았다. 그들은 이상하게 어울리는 한 쌍이었다. 에바는 끊임없이 떠들고 노래했지만, 루츠는 말없이 미소를 지어 보일 뿐이었다.

루츠는 한때 빵 굽는 사람이었다. 그들은 북부 독일의 작은 마을에서 살았다. 이젠 옛날 이야기가 됐지만, 어느 봄날 그들의 친구와 이웃 모두가 기차역까지 걸어가야 했다. 그들은 모든 짐을 화물칸에 싣고 객차에 올라탔다. 물론 짐에는 그들의 이름표가 붙여졌다. 그런데 기차가 출발하기 직전, 열차의 끝에 붙어 있던 화물칸이 조용히 분리됐다. 그후 마을 사람들은 옛 이웃들에게 앞으로 어떤 물건도 필요하지 않을 것이라 확신하고 그들의 물건을 나눠 가졌다. 심지어 그들의 상점과 집, 헛간과 창고에 남겨진 물건까지도 나눠 가졌다. 마을은 갑자기 부자가 된 듯했다. 그들에게 내려졌던 저주가 풀리고, 나쁜 병균을 훌훌 털어낸 기분이었다. 소수의 사람만이 그날의 사건을 그로부터 몇 년이 지난 후 봄날에 닥친 사건과 관련시킬 뿐이었다. 그날 도심과 기차역, 상점과 주택, 헛간과 창고 모든 것이 화염에 휩싸이며 재로 변했다.

물론 루츠와 에바는 당시 그런 사건이 있었는지도 몰랐다. 그런데 어느 날 두 사건의 관련성을 찾으려던 사람들, 즉 옛날에 그 마을에 거주하던 사람들을 현대식 호텔(당시에는 도이처 호프)에 초대해 시장을 만나게 해주고, 어린 학생들에게 강연할 기회까지 주면서 역사를 바로잡으려 노력하는 사람들이 그들 부부를 옛 고향에 초대했다. 학생의 절반가량이 순수 독일계가 아니었고, 터키나 발칸 지역의 출신이었지만, 그때 초대받은 사람들은 그런 기회를 누린 것만으로도 크게 기뻐했고, 그들의 사진이 지역 신문에 실리기도 했다. 물론 그들은 옛날의 흔적이 거의 남지 않은 것에 실망감을 감추지 못했다. 기차역의 둥근 철제 지붕은 콘크리트 천장으로 바뀌었고, 전차는 사라지고 없었다. 도심의 인도는 완전히 콘크리트로 뒤덮여 길거리의 모습도 옛날과는 전혀 달랐다.

루츠와 에바도 그들의 고향이 그렇게 변했을 줄은 몰랐다. 하기야 그들이 강제수용소에서 살아남기 위해 발버둥치고 있던 때 마을이 불태워졌으니 당연했다.

그들이 우역곡절 끝에 살아남아 다시 만난 이야기는 그야말로 기적에 가까웠다. 그들이 극적인 해후를 한 이후로 에바는 강한 여자가 됐고, 루츠는 다시 일하지 않았다. 루츠는 언제나 앉아서 미소를 짓고 있을 뿐이었다. 가끔, 아주 가끔 뭔가를 말하기는 했다. 하지만 언제나 에바가 운전을 도맡았고, 루츠를 돌보며 먹여살렸다. 여하튼 그들은 행복한 부부로 보였다.

그러던 어느 날, 우리 모두가 걱정하던 일이 터지고 말았다. 작은 키에다 지독한 근시여서 핸들 너머를 거의 보지 못하던 에바가 나무를 들이받고 말았다. 수요일 오후였다. 나는 에바가 수요일마다 멋진 식당에서 혼자서, 때로는 친구들과 어울려 근사한 식사를 즐긴다는 이야기를 들어 알고 있었다. 집에서는 채식을 주로 했지만, 그때는 스테이크도 먹고 닭고기도 먹었다. 따라서 수요일의 외출은 에바에게 큰 즐거움이었다. 루츠는 혼자 집에서 지냈다. 언젠가 성가대장 에드나가 내게 그 이유를 말해 주었다. 루츠가 함께 지내던 포로들이 시신을 먹는 걸 목격한 이후로 채식주의자가 됐다는 것이었다. 에바는 집에서는 루츠의 입맛에 맞춰 채식을 고집했지만, 일주일에 한 번씩 외출해 고기를 섭취하며 영양의 균형을 맞추었던 것이다. 루츠도 알았지만 상관하지 않았다. 그러나 그들의 집, 그들의 부엌에는 피가 없었고 살코기가 없었다. 그런 점에서 루츠는 무척 단호했다.

그런데 에바가 세상을 떠나고 말았다. 물론 우리가 할 수 있는 일이라면 무엇이든 다 했다. 좋은 이웃도 있었고, 유대인 복지단체도 있었다. 그러나 에바 없이 루츠가 어떻게 살아갈 수 있을까?

나는 걱정을 쉽게 떨쳐버릴 수 없었다. 장례식을 치르고 한 달 반쯤 지난 후에 나는 루츠를 찾아갔다. 그들은 그 도시의 유대인 구역인 팔로게이츠에 있는 아담한 주택에서 살았다. 루츠는 그 집에서 계속 살겠다고 고집했다. 충분히 이해할 수 있는 결정이었다. 루츠는 적어도 장애인은 아니었다. 신도들 사이에서 교대로 루츠를 예배에 데려오자는 논의가 있었다. 하지만 차례를 잊거나, 약속을 지키지 못하는 사람이 있기 마련이어서 그 방법이 오랫동안 지속되지는 못했다. 따라서 루츠는 내가 '화급히' 방문해야 할 신도 중 하나였다.

나는 그를 찾아가 현관벨을 눌렀다. 루츠는 금방 문을 열어주었다. 어떤 이유인지는 몰라도, 내가 기억하고 있던 것보다 훨씬 커 보였다. 실제로 키가 더 큰 것은 아니었지만, 예전만큼 작아 보이지는 않았다.

"아, 들어오십시오."

그것으로 인사말은 끝이었다. 좀 아쉽게 느껴지긴 했지만, 내가 그때까지 루츠에게 들은 말은 "안녕하세요"나 "고맙습니다"가 전부였다. 그러나 루츠는 달라 보였다. 예전보다 강해진 듯했다.

그는 나를 아담한 응접실로 안내했다. 탁자에는 루츠가 좀 전까지 분류하던 우표들이 놓여 있었다. 나는 루츠가 우표 수집가인 줄은 몰랐다.

"차를 드릴까요, 랍비님? 케이크도 좀 드시겠습니까?"

"예, 그러지요. 고맙습니다."

전혀 예상하지 못한 반응이었다. 나는 루츠가 방 한구석에 웅크리고 있거나, 11시가 다 된 시간에도 침대에서 빈둥대며 잠옷 차림으로 있을 거라고 생각했다. 루츠가 부엌에서 분주하게 준비하는 동안 나는 주변을 둘러보았다. 모든 것이 깔끔하게 정돈돼 있었다. 루츠가 차와 얇게 썬 프루트 케이크를 갖고 나왔다.

"내가 직접 구운 겁니다, 랍비님. 입맛에 맞으면 좋겠군요."

"직접 구우셨다고요? 멋집니다! 그런데 급식 배달은 제대로 오고 있습니까?"

"아, 첫 주만 신세를 지고 취소했습니다. 내 입맛에 맞지 않더군요. 채식이 아니었습니다. 게다가 나는 빵 굽는 걸 좋아합니다. 랍비님도 아시겠지만 내가 옛날엔 빵장수였거든요. 옛날 솜씨를 좀 발휘했습니다."

이쯤에서 나는 당황하지 않을 수 없었다. 내가 머릿속으로 그렸던 모습과는 완전히 달랐다. 그래서 나는 생각을 정리할 시간을 가지려고 차를 마시고 케이크를 먹었다. 케이크는 정말 맛있었다. 그래서 맛있다고 솔직하게 말했다. 그래야 편안하게 이야기를 나눌 수 있을 것 같았다.

루츠가 환하게 웃으며 말했다.

"랍비님이 맛있다고 하니 정말 다행입니다. 아직은 손에 익지 않았거든요. 또 여기 재료가 완전히 다르기도 하고요."

나는 안락의자에 기대앉으며 말했다.

"그렇군요. 그런데 요즘 어떻게 지내십니까?"

"잘 지냅니다, 랍비님. 에바가 내 곁에 없는 것에 익숙해지고 있는 중입니다. 하지만 우리가 큰 변화를 겪은 게 이번이 처음은 아니잖습니까. 이제 에바도 떠났으니, 내가 뭔가를 해야지요. 물론 에바가 있었다면 내가 그런 일을 하는 걸 좋아하지 않았겠지만요. 빵 굽는 일부터요. 랍비님도 아시겠지만, 세상은 돌고 도는 게 아니겠습니까? 나쁜 일이 있으면 좋은 일도 있기 마련이지요. 물론, 나이가 들면 나쁜 일이 더 기억나긴 합니다만."

"당신이 빵을 굽는 걸 에바가 싫어했습니까?"

루츠가 잠시 머뭇거린 후에야 대답했다.

"랍비님이 에바를 이해하셔야 합니다. 에바는 전쟁 중에 수용소에서 아주 큰 상처를 입었습니다. 나도 많은 시간이 걸린 후에야 에바를 그런대로 이해할 수 있었습니다. 우리 모두가 상처를 받기는 했지요. 하지만 누구나 자신의 상처가 더 크게 보이는 법이지요. 그런 일이 있은 후, 에바는 강해질 필요가 있었습니다. 에바만의 강점을 찾아야 했습니다."

나는 천천히 차를 저었다. 담배를 피우는 사람은 꼭 담배가 좋아서 피우는 것이 아니다. 담뱃갑과 성냥을 만지작대면서 1~2분을 보내면 어색한 침묵의 시간을 그런대로 무마할 수 있기 때문이다. 나는 똑같은 효과를 기대하면서 차를 저었다.

"그런 일이라뇨? 에바에게 별다른 이야기를 듣지 못했는데요."

"그랬을 겁니다. 에바라면 누구에게도 말하지 않았을 겁니다. 성가대원들에게도 말하지 않았을 겁니다. 나에게도 우리가 영국에 도착해 도버에서 배를 내린 후에야 말했을 정도였으니까요. 나한테 그

말을 하고는 거의 기절해 버렸습니다. 그 바람에 기차를 놓쳤지요. 하지만 그런 건 중요하지 않았습니다. 그때는 우리가 너무 많은 걸 잃어버린 때여서 기차와 여행 가방에 연연하지는 않았습니다. 여하튼 우리는 거의 빈털터리였습니다."

나는 다시 차를 저었다. 차가 거의 바닥을 드러내 쓸데없는 짓이었지만, 두 손을 가만둘 수 없었다.

"에바는 키가 무척 작습니다. 나도 그렇지만요. 하지만 우리에게 그런 건 문제가 아니었습니다. 내가 에바를 처음 만났을 때 그녀는 젊고 무척 예뻤습니다. 고불거리는 검은 머리카락, 발그스레한 뺨, 내 눈에는 큰 인형처럼 보였습니다."

그는 다시 말을 멈추었다. 멍하니 먼 곳을 쳐다보았다. 방에 있는 뭔가를 보는 것은 아니었다. 나는 조용히 앉아 기다렸다.

"그런 모습이 에바의 목숨을 구했습니다. 친위대원 하나가 에바를 몹시 좋아했습니다. 그때 에바는 성인이었지만 작은 소녀처럼 보였습니다. 그 장교는 에바의 그런 모습에 반했던 모양입니다. 그래서 어뢰 공장에서 일하던 에바를 구해 주었고, 결국 에바는 임신을 했습니다. 에바는 곧 버림받을 거라고 생각했지만 그렇지 않았습니다. 그 장교는 에바를 숨겨주고 지켜주었습니다. 그리고 아기가 태어났습니다. 딸이었다고 합니다. 그런데 장교는 아기를 죽여버렸습니다. 에바는 또 임신했고 아기를 낳았습니다. 이번에는 아들이었습니다. 하지만 친위대 장교는 아기를 또 죽였습니다."

루츠의 이야기는 계속됐다.

"전쟁이 끝나고 적십자가 난민촌에서 에바를 발견했습니다. 나도 나중에 구출되었고요. 에바는 아기를 갖고 싶어 했습니다. 절실하게 원했습니다. 하지만 임신을 원하지는 않았습니다. 다시는! 나는 에바의 심정을 이해했습니다. 나도 아기를 원하지 않았습니다. 그 끔찍한 경험을 한 탓에, 내 피붙이를 이 세상에 남겨놓고 싶지 않습니다. 내 삶으로 모든 걸 끝내고 싶었습니다. 그게 가능하다면요.

아, 설명하긴 힘들지만 내가 에바의 아기가 됐습니다. 에바에겐 내가 필요했습니다. 남편이 아닌 아기로서 말입니다. 나는 여전히 에바를 사랑했고, 에바는 언제까지나 나의 에바였습니다. 그래서 내가 에바의 아기가 되기로 결정한 겁니다. 에바는 나를 위해 요리를 해주었고 먹여주었습니다. 운전까지 해주었습니다. 그런 나를 사람들이 손가락질하더라도 나는 개의치 않았습니다. 그렇게 해서라도 에바가 마음의 평화를 얻는다면 나는 행복했습니다. 더구나 나는 운전면허를 따고 싶지도 않았습니다. 여하튼 내 손으로 운전하고 싶지 않았습니다.

우리는 1953년에 이곳으로 이주해 이 집을 얻었습니다. 랍비님도 아시겠지만 나는 일하지 않았습니다. 수용소에서 심한 구타를 당한 후로 나는 뭔가에 집중할 수 없습니다. 두 손이 지금도 가끔은 떨리고요. 일하기엔 적합하지 않은 셈이죠. 특히 왼손이 심하게 떨립니다. 보십시오, 뼈가 정상이 아니잖습니까? 여기가 그들이 나를 짓밟은 곳입니다. 예, 크게 다쳤지요. 하지만 집 주변을 돌볼 수는 있었습니다. 정원을 가꿀 수도 있고요. 정원에서는 힘들면 언제라도 앉아 쉴 수 있으니까요. 내가 이 꼴이어서 우리는 장애연금을 받았습니다. 에바는 상점에서 잠깐씩 일했지만, 그것마저 중단하고 언제나 내 곁을 지켜주었습니다. 에바도 연금을 받았습니다. 그걸로 차를 샀지요."

나는 처음 듣는 이야기였다. 생각을 정리할 시간이 필요했다.

"그래서 그후로 쭉 집에만 계셨던 겁니까?"

"그랬습니다. 라디오를 들었고, 나중에는 텔레비전을 보며 지냈습니다. 랍비님이 듣기에도 내 영어가 괜찮지 않습니까? 물론 친구들도 있습니다. 이제는 그들도 편안하게 지냅니다. 우리는 여름이면 일주일 동안 휴가를 가기도 했습니다. 그리고 한 번, 딱 한 번, 고향을 다녀왔습니다. 하지만 또 어디를 가겠습니까? 지금 내가 있는 곳보다 좋은 곳이 또 있을까요? 더구나 방문할 친척도 없고요. 우리 둘뿐이었습니다. 나는 튀링겐에 있었고, 에바는 바이에른에 있었습니다. 그 때문인지 우리는 숲이나 산을 다시 보고 싶지 않았습니다. 기차를 타고 싶지도 않았습니다.

수요일이면 에바는 외출해서 친구들을 만났습니다. 그때는 내가 직접 요리를 했습니다. 에바에게도 휴식이 필요했으니까요. 물론 에바가 아플 때는 내가 돌봤습니다. 하지만 그런 일은 무척 드물었습니다. 지금도 뜨거운 걸 다룰 때는 아주 조심해야 합니다. 내 손 때문이지요. 여하튼 우리는 그럭저럭 살았습니다."

"지금은요?"

"랍비님, 랍비님이 이해해 주셔야 합니다. 나는 에바를 사랑했습니다. 정말 진심으로 사랑했습니다. 하지만 이제 에바는 평화를 얻었습니다. 나도 그렇고요. 에바에겐 내가 필요했고, 나에겐 에바가 필요했습니다. 하지만 나는 에바의 남편인 동시에 에바의 아들이었죠. 그 때문인지 지금 나는 홀아비가 아니라, 혼자 사는 남자라는 기분입니다. 혼자 사는 남자! 지금 내 나이가 일흔셋입니다. 걱정하지 마십시오, 랍비님. 추접하게 사는 독신 남자는 아니니까요. 내 집도 있고, 원하면 언제라도 요리를 할 수 있습니다. 빵도 굽고요. 늦게까지 텔레비전을 보기도 합니다. 이웃들도 좋고요. 에드나도 착합니다. 에드나가 매주 나를 데리고 나가 쇼핑을 함께 해주니까요. 월요일마다요."

"그렇군요, 다행입니다. 나는 당신이 혼자 지낼까 걱정했습니다. 예배 시간에 보지를 못했으니까요."

"랍비님, 너무 불쌍하게 생각하지 마십시오. 하지만 앞으로도 예배 시간에 나를 보기는 힘들 겁니다. 하느님과 나는 사이가 별로 좋았던 것 같지가 않습니다. 이제 와서 내 생각을 바꾸기가 힘들군요."

"하지만 전에는 빠짐없이 예배에 참석하지 않았습니까?"

"아닙니다, 랍비님. 오해하셨습니다. 죄송한 말이지만, 내 발로 간 게 아니라 끌려간 겁니다. 에바가 나를 혼자 내버려두고 싶어 하지 않았으니까요. 에바가 회당에 가서 사람들도 만나고 성가를 들으면 나한테도 좋을 거라고 말했거든요. 그런데 내가 어떻게 가지 않을 수 있었겠습니까? 물론 나는 기꺼이 끌려갔습니다. 그래도 괜찮았습니다. 하지만 이젠 그럴 필요가 없어졌습니다. 그렇다고 걱정하지는 마십시오. 나는 여기가 좋습니다, 랍비님."

루츠는 정말 괜찮아 보였다. 그는 지금 있는 곳에서 만족하며 지내는 게 확실했다. 그는 원래의 자신을 찾아가고 있었다. 죄책감이나 슬픔에 짓눌려 지내지 않았다. 자신의 모습을 되찾아가며 살아가고 있었다. 솔직히 부럽기도 했다. 언젠가 누군가가 내게 "우리 유대인에게는 지옥이 필요 없습니다."라는 말을 한 적이 있다. 이 세상이 지옥이란 뜻이었다. 따지고 보면, 우리에겐 천당도 필요 없다. 이 세상이 이미 천당이기 때문이다. 루츠는 편하게 살아가고 있었다. 지옥과 천당, 둘 모두를 보았으니까.

나는 그에게 우표 수집에 대해 물었다. 그는 영국 우표만을 수집한다면서, 손이 떨려서 우표를 분류할 때마다 애를 먹는다고 말했다. 그래도 모종삽을 쥘 수 있어서 정원에서 일하는 걸 좋아했다. 잔디와 집 앞의 쥐똥나무 울타리는 이웃이 깎아주었다. 그는 책을 많이 읽지는 않았지만, 텔레비전은 보고 싶은 만큼 다 보았다. 그는 정말 행복해 보였다.

나는 남은 케이크를 꿀꺽 삼키고, 이만 가봐야겠다고 말했다. 그리고 루츠의 집을 나왔다.

나는 많은 것을 배운 듯했다. 교외의 아담한 집에 사는 착한 노인들의 기억에서 좀처럼 지울 수 없는 끔찍한 과거에 대해 배웠고, 내가 듣고 본 것이라고 해서 무조건 믿지 말아야 한다는 것을 배웠다. 중요한 교훈이었다.

루츠는 점점 늙어가고 약해질 것이다. 따라서 더 많은 도움이 필요할 것이다. 하지만 지금 당장은 아니었다. 지금 루츠는 다시 성장해 가고 있었다. 나는 '우리는 우여곡절을 겪고 난 후에 삶에서 최고의 순간을 맞는다.'는 교훈을 다시 한 번 확인할 수 있었다.

빨간 머리

세계 인구의 약 2퍼센트만이 빨간 머리카락을 가졌다고 한다. 16번 염색체가 돌연변이를 일으켜 멜라토닌보다 페오멜라닌이 머리카락 색깔과 피부의 민감성에 영향을 미치기 때문이라는 글을 어딘가에서 읽었다. 동유럽 출신의 유대인들 가운데 빨간 머리를 가진 사람이 간혹 눈에 띈다. 얼마나 많은지는 모르겠지만, 여하튼 그 유전자가 그들에게 있는 것만은 분명하다.

나는 새로 부임한 공동체에서 교리 공부를 하는 아이들을 지켜보면서 그 글을 떠올렸다. 빨간 머리가 상당히 많은 듯했다. 성인식을 준비하는 6세에서 13세까지, 남녀를 불문하고 아이들의 머리카락은 옅은 갈색부터 오렌지색까지 붉은색을 띠었다. 머리카락 색깔이 선명할수록 피부에서는 핏기가 없었다. 빨간 머리카락을 가진 사람이 햇살에 더 민감하게 반응하기 때문이었다.

내 전임자 실버슈타인 랍비는 예배 중에 심장마비를 일으켜 갑자기 세상을 떠났지만, 그때까지 이 회당에서만 거의 22년을 봉사한 분이었다. 실버슈타인 랍비는 랍비들의 모임이나 회의에는 좀처럼 참석하지 않아, 누구도 그에 대해 잘 몰랐다. 하지만 주변 사람들의 이야기를 들어보면 랍비로서의 역할에 충실했고 즐겁게 일했던 분이었다. 그는 공동체에만 머물며 랍비들의 정치놀음에는 끼어들지 않았다.

당시 나는 랍비 생활을 갓 시작한 때였고, 처음 맡은 작은 공동체에서 좀 더 큰 곳으로 옮겨갈 준비를 하고 있었기 때문에, 그곳을 제안받았을 때 주저 않고 받아들였다.

여신도회 회장인 자네트가 나를 자기 집에 초대했다. 자네트는 광고회사에서 일한 경력을 살려, 작은 인쇄소를 운영하고 있었다. 우리는 의례적인 인사말로 내가 새로 구한 아파트와 좋은 치과의사 등에 대해 이야기를 나누었다. 놀랍게도 그녀가 추천한 치과의사는 우리 공동체 회원이 아니었다. 나는 빨간 머리를 화제로 떠올렸다.

"랍비님, 거기엔 이런저런 이야기가 많아요. 정말 많은 이야기가 있지요……. 전임 랍비님은 우리에게 많은 사랑을 받던 분이었어요. 적극적으로나 소극적으로요. 무슨 말인지 아시겠어요?"

나는 무슨 의미인지 이해하지 못해 어리둥절했다. 내가 멍청하고 우둔한 것이었을까? 자네트는 내 표정을 보고는 한숨을 내쉬며 말했다.

"랍비님에게 누군가는 말해 주었어야 했는데……. 물론 저도 그렇고요. 우리가 짐이라 불렀던 실버슈타인 랍비님은 20년 전에 우리 마을에 오셨어요. 그때는 젊은 편이었죠. 독신인 데다 잘생기기도 했고요. 이렇게 말해도 될지 모르겠지만 남성미가 넘쳤어요. 카리스마도 있었고요. 모두가 그분을 좋아해서, 그분 곁에는 언제나 사람들이 들끓었지요. 덕분에 신도 수도 부쩍 늘었어요. 처음 오셨을 때보다 신도 수가 세 배나 늘었으니까요. 하지만 일부 사람들의 말에 따르면, 그런 성장의 이면에는……."

자네트가 다음 말을 잇지 못하고 머뭇거렸다. 거북해 하는 모습이 역력했다. 그러나 용기를 낸 듯 다시 말을 이었다.

"그런 성장에는 그분과 직접적인 관계가 있었습니다. 무슨 말인지 짐작하시겠죠?"

나는 자네트에게 조금이라도 도움을 주고 싶었다.

"그러니까 신도들과 접촉을 했다는 겁니까?"

"예, 확실히 그런 면이 있었습니다."

자네트는 얼굴을 들지 못하고 덧붙여 말했다.

"예, 그분은 그런 걸로 유명했습니다. 그런데 문제는 누구도 그걸 문제 삼지 않았다는 겁니다."

"가족은 있었습니까?"

나는 전임 랍비에 대해 아는 것이 거의 없어, 내가 의례적으로라도 방문해야 할 미망인이 있는지도 몰랐다.

"아니요, 없었습니다. 공식적으로는 없었습니다. 결혼하지 않았으니까요."

"아하! 무슨 말인지 알겠습니다."

나는 세상의 지식으로 자네트의 말뜻을 알아챘다. 누구에게나 비밀로 간직하고 싶은 개인적인 문제가 있지만, 그 비밀이 지켜지는 경우는 무척 드물다. 나도 벌써부터 여신도회 회원들에게 "여자친구는 어디에 있나요?" "벌써 약혼자가 있는 건 아니죠?"라는 질문을 받은 게 한두 번이 아니었다. 그때마다 나는 개인적인 문제를 흘리지 않으면서, 소문이나 당혹스런 오해를 불러일으키지 않을 적절한 대답을 찾아내기 힘들었다.

그때 십대로 보이는 아이가 들어와서 우리는 대화를 잠시 멈추었다. 자네트가 말했다.

"올리예요. 올리, 랍비님께 인사드려라. 그리고 제발 저 축구화 좀 치우거라."

"안녕하세요, 랍비님."

올리는 내게 건성으로 인사를 하고 바로 부엌으로 들어가 먹을 것을 찾는 듯 딸그락거렸다. 냉장고 문이 두세 번 열고 닫히는 소리가 들렸다. 그러고는 응접실을 지나 2층으로 올라갔다. 자네트는 그 모습을 조용히 지켜보았고, 2층에 있는 방문이 닫히는 소리가 들리자 다시 입을 열었다.

"랍비님이 정확히 이해하셨다고는 생각지 않아요. 정말 어렵네요……. 차라리 단도직입적으로 말씀드리는 게 낫겠어요. 짐 실버슈타인은 정말 멋진 남자였어요. 훌륭한 랍비이기도 했지만, 멋쟁이이기도 했어요. 우리 모두가 그분을 좋아했습니다."

그때 전화벨이 울렸다. 자네트가 전화를 받았다. 간단히 끝낼 전화가 아닌 듯했다. 자네트는 상대에게 잠시 기다리라 하고는 내게 겸연쩍은 표정으로 미안하다 말하면서, 나중에 시간을 내서 다시 이야기를 하자고 했다. 나는 "그렇게 하지요."라고 대답하고 현관으로 나와 모자와 외투를 집어 들었다.

현관 옆의 창틀에 조그만 사진 하나가 세워져 있었다. 회당에서 찍은 사진이 분명했다. 검은 가운을 입고 키파를 쓴 훤칠하게 잘생긴 남자였다. 내 전임자의 사진이었다. 미소가 매력적이었고 두 눈은 부리부리했다. 그리고 빨간 머리였다. 자네트의 아들, 올리도 빨간 머리였는데…….

사랑을 잃은 아널드

어느 날 저녁 늦게 전화가 걸려

왔다. 이때부터 나는 경솔한 행동의 대가를 혹독하게 치러야 했다.

그러나 뭐라 변명할 것도 없이 순전히 내 잘못이다. 경험으로 배워

야 할 텐데 그것마저도 쉽지 않다.

아널드 폭스먼의 전화였다. 그 이름이 귀에 익었고, 수화기에서

들리는 그의 목소리를 통해 얼굴을 어렴풋이 떠올릴 수 있었다. 그

는 제정신이 아닌 듯했다. 그 이상 적절한 표현이 없었다.

"랍비님, 제니가 죽었습니다! 제발 어떻게 좀 해주세요!"

나는 정신을 바짝 차렸다. 그리고 항상 전화기 옆에 두던 볼펜과

수첩을 집어 들며 말했다.

150

"안타깝군요. 정말 안됐습니다. 바루크 다이얀 하에메트."

'진리의 심판자시여, 축복받으소서!' 라는 뜻으로 하느님을 축복하는 전통적인 말이다. 달리 말하면, 하느님은 정의로운 심판자이시기 때문에 하느님이 어떤 일을 하던 그에 합당한 이유가 있다는 뜻이다. 하느님이 심술을 부렸다고 의심되더라도 하느님의 행위를 선의로 해석해야 마땅하다는 뜻이기도 하다.

나는 덧붙여 물었다.

"내 질문에 먼저 대답해 주시겠어요? 그래야 찾아갈 수 있을 테니까요."

그는 흐느끼며 대답했다. 나는 그의 대답을 수첩에 받아 썼고, 주소까지 알아냈다. 끔찍한 사고였다. 제니는 겨우 열세 살이었는데 암으로 투병하던 중이었다. 그런데 나는 전혀 모르고 있었다! 어떻게 내가 까맣게 모르고 있었을까? 왜 아무도 내게 말해 주지 않았을까? 나는 속으로 비서인 에디에게 욕을 퍼부었다. 회당 신도에 대해 모든 걸 안다고 뻐기면서 이처럼 중대한 일을 혼자만 알고 있었다니!

나는 한 시간 내로 달려가겠다고 폭스먼에게 말했다. 그리고 우리가 항상 이용하던 장의사, 헤블레스웨이츠에게 전화를 걸었다. 그들은 심야에도 연락이 가능했고 언제나 친절했다. 또 우리가 장례식을 신속하게 치른다는 걸 알고, 당일 밤에 장의차와 도우미 둘을 보내주곤 했다. 기분 좋은 전화는 아니었지만, 그들은 그런 일에 익숙할 거라 생각하면서 "제니 폭스먼, 13세, 암환자, 블룸데일 단지……."

라고 사망자의 신원과 주소를 알려주었다. 블룸데일은 어떤 면에서
봐도 부자 동네는 아니었다.

그후 나는 다시 여신도회 회장인 아만다에게 전화를 걸어 제니의
사망 소식을 알렸다. 공동체에서 누군가 사망하면 여신도회 회장을
중심으로 전화 연락망이 시작됐다. 나는 장의사에게는 이미 연락했
다는 것도 아만다에게 알려주었다. 그런 다음에야 구두를 신고 자동
차 열쇠를 챙겼다. 또 가방에 기도서와 추모의 양초가 들어 있는지
도 확인했다. 나는 기도서와 추모의 양초를 언제라도 사용할 수 있
도록 항상 가방에 준비해 두었다. 덕분에 내가 의례적으로 회원의
집을 방문한 때, 하필 그날이 기일(忌日)이면 추모의 초에 불을 밝히
고 가족을 위로해 줄 수 있었다.

나는 외곽도로를 따라 서쪽으로 달려가면서 온갖 생각을 떠올렸
다. 신도의 아이가 암에 걸렸는데, 어떻게 아무도 내게 말해 주지 않
았을까? 아널드 폭스먼이란 이름은 알았지만 그에 대한 기록을 살
펴본 적은 없었다. 그의 부인 이름은 뭐였지? 제니 말고 다른 자식
은 있나? 그의 부인은 유대인이 아닐지도 몰라. 그러니까 제니를 회
원으로 등록하지 않은 거야. 내가 너무 서두르느라 실수한 게 아닐
까? 그렇다면 나는 제니의 아버지를 위로하는 걸로 끝내야지, 제니
의 장례식까지 치러야 하는 건 아니잖아. 아이쿠, 모르겠다, 일단 가
보자.

나는 폭스먼의 집을 그다지 어렵지 않게 찾아내고 현관 벨을 눌렀

다. 나는 이런 때마다 속이 메스껍다. 누군가 끔찍한 비극을 당해 상심하고 있는데 내가 그를 위로해 줄 수 있는 일이 별로 없다는 걸 안다면 기분이 어떻겠는가. 기껏해야 낙심한 삶의 조각들을 다시 짜맞추도록 도와줄 수 있을 뿐이고, 내가 그런 일을 해야 하기 때문에 하는 것이라면 그때마다 내 기분이 어떻겠는가. 다른 사람이 본래의 삶을 되찾도록 도와주는 일…… 생각만큼 쉽지는 않다.

아널드 폭스먼, 나는 그 이름의 주인공을 머릿속에 그려보았다. 그에게서 받은 인상, 하여간 기억에 남은 모든 것을 떠올려보았다. 그래, 희끗한 머리카락이었지. 아래턱은 넙적하고. 전에 봤을 때 갈색 카디건을 입고 있었어. 그때 그가 문을 열었다. 내 짐작대로 그는 울고 있었던 게 분명했다. 품에 하늘색 담요로 감싼 뭔가를 안고 있었다.

"어서 오십시오, 랍비님. 이렇게 와주셔서 고맙습니다. 늦은 시간에 폐를 끼쳐 정말 죄송합니다. 하지만 랍비님께 전화하지 않을 수 없었습니다. 실례가 되지 않았기를 바랄 뿐입니다."

나는 현관을 들어서며 대답했다.

"아닙니다, 당연히 전화를 하셨어야죠."

폭스먼의 집은 보통 가정집처럼 보이지 않았다. 독신자의 집 같은 분위기가 물씬 풍겼다. 혼자 사는 사람의 집에 들어간 기분이었다. 게다가 고양이 오줌 냄새가 짙게 풍겼다. 코끝이 얼얼

할 정도였다.

아널드는 현관 옆에 붙은 방으로 들어가 추레한 소파를 가리켰다. 바닥에는 오래된 신문이 너저분하게 흐트러져 있고, 가스난로 옆에는 양동이 하나가 놓여 있었다. 그는 품에 안은 하늘색 담요를 안락의자에 천천히 내려놓고는 그 옆에 섰다. 나는 그를 올려다보았다. 그는 스프링이 탄력을 잃은 소파처럼 보였다. 잎이 완전히 떨어진 나무처럼도 보였다. 하느님, 도와주십시오! 이런 때 나는 뭐라고 말해야 합니까? 대체 어떻게 해야 합니까?

다행히 아널드가 얼음같이 차가운 침묵을 깼다.

"제니를 보시겠습니까?"

두려움에 신물이 목구멍까지 올라왔지만 나는 고개를 끄덕이며 말했다.

"예, 제니부터 보고 싶군요."

그리고 나는 그 불쌍한 아이가 2층의 침실에 있을 거라 생각하며 자리에서 일어섰다. 그러자 아널드가 말했다.

"아닙니다, 앉아 계십시오, 랍비님."

이렇게 말하며 아널드는 하늘색 담요를 집어 들어 내 무릎에 올려놓았다. 앗, 하느님! 하지만 가벼웠다. 깃털처럼 가벼웠다. 나는 담요 위쪽을 살짝 젖혀 보았다. 뼈만 앙상하게 남은 아이가 눈을 감고 있었다. 제니였다. 고양이였다.

혀를 깨물고 웃지 않아야 했다. 웃을 수는 없었다. 어안이 벙벙했고, 한시름을 놓았다는 안도감이 있기는 했지만 웃을 수는 없었다. 절·대·로! 나는 심각한 표정을 짓고 고개까지 숙이고 제니를 쳐다보았다. 잠시 후 조심스레 담요를 다시 덮고는 제니를 그에게 천천히 돌려주었다. 그리고 소파에 등을 기대고 앉아 숨을 길게 내쉬었다.

아, 하느님! 하느님, 대체 이게 뭡니까! 제가 무슨 짓을 한 겁니까? 이제라도 장의사에게 전화를 해 취소해야 합니다. 아만다에게도 전화해야 하고요. 그들에게 전화를 해서 이 소동을 끝내야 합니다. 제가 착각했던 거라고 말해야 합니다. 헤브라 카디샤(장례 준비를 하는 사람들)의 소집을 당장에 취소해야 합니다. 하지만 지금 할 수는 없습니다. 제가 이 집을 정중히 떠나 제 집으로 돌아가서 해야 할 입장입니다. 금방이라도 무너질 것 같은 탁자에 놓인 전화를 이용할 순 없습니다. 그가 엿들을 수도 있으니까요. 아, 지금 전화를 할 수는 없습니다. 그래요, 이 문제를 빨리 처리해야겠습니다. 아널드도 우리회당의 식구이고, 저는 그의 랍비니까요. 어쨌든 그에게는 위로가 필요하니까요. 웃지 않아야 할 텐데 큰일입니다. 미소도 짓지 말고요. 낄낄대면 더 안 되겠죠.

"차 한 잔 마실 수 있을까요?"

"물론입니다, 랍비님. 죄송합니다. 그런 생각도 못했네요."

이렇게 대답하고 아널드는 복도 끝에 있는 부엌으로 들어갔다. 주전자가 딸각거리고 수돗물이 터지는 소리가 들렸다. 나는 짧은 시간이나마 주변을 둘러보고 내 입장을 정리할 여유를 가졌다. 독신자,

홀아비, 이혼남 등 뭐가 됐든 혼자 사는 남자의 집이 분명했다. 제니가 이 가엾은 남자의 유일한 가족이었고, 그와 함께 집주인 노릇을 하면서 이 의자와 소파를 차지한 유일한 피조물이었던 게 분명했다. 제니의 체취가 이 방에 가득 배어 있었다. 내 양복을 내일 당장 세탁소에 보내야 할 정도로 지독한 냄새였다. 나는 조금씩 냉정을 되찾고 이 난국을 해결할 방법을 머릿속에 그리기 시작했다. 그래서 아널드가 머그 찻잔을 내 앞의 바닥에 조심스레 내려놓았을 때, 나는 내 뜻대로 이야기를 풀어갈 수 있었다.

그가 이야기 보따리를 풀어놓기 시작했다. 때로는 두서가 없었지만, 나는 별로 어렵지 않게 그의 이야기들을 짜맞출 수 있었다.

한때 이 집에 메리라는 폭스먼 부인이 살았지만, 오래전에 다른 남자와 눈이 맞아 아널드를 버리고 떠나버렸다. 그후로 아널드는 어떤 여자도 믿지 않았다. 대신 고양이를 키우며 삶의 위안을 찾았다.

나는 개를 좋아한다. 개의 품종을 구분할 줄 알고, 사람과 개의 관계가 어떤 것인지도 안다. 개는 의존적인 동물이어서, 우리에게 와서 "도와주세요. 나는 당신 없이는 살 수 없어요. 당신이 문을 열어주지 않으면 밖에 나갈 수도 없어요. 또 내가 짖을 때 다시 문을 열어주지 않으면 집에 돌아오지도 못해요. 나를 위해서 통조림을 따주어야 하고, 때가 되면 나한테 먹을 것도 줘야 해요. 내 귀밑을 긁어주기도 해야 해요. 또 나랑 놀아주고 나를 쓰다듬어 주기도 해야 해요."라고 말한다. 이런 점에서 큰 개나 작은 개나 거의 똑같다. 개는 옛날에 늑대였다. 늑대는 떼로 몰려다녀 지도자가 있어야 했다. 그 지도자 노릇을 이제 사람이 하는 셈이다. 특히 우리의 삶이 알파보다 오메가에 가까울 때, 쉽게 말해서 우리가 늙어갈 때 개는 재롱둥이 역할을 제대로 해낸다.

고양이는 다르다. 우리가 고양이를 선택하는 게 아니라, 고양이가 우리를 선택한다. 고양이가 주인이고, 우리는 고양이의 종이다. 고양이는 우리를 쳐다보는 특혜를 베풀고, 우리 집에서 밥을 먹는 명예를 우리에게 안겨주듯이 행동한다. 고양이는 훈련을 받아야 한구석에 놓인 그릇에서 우아하게 먹을 것을 먹지만, 언제 방광과 창자를 비우는지는 결코 우리에게 보여주지 않는다. 그런 것을 인간에게 보이는 것을 지독한 수치라 생각하기 때문이다. 고양이가 속으로 어떤 생각을 하고, 어떤 기분인지 우리는 도무지 짐작조차 할 수 없다.

그래서 나는 개를 더 좋아한다. 내가 어렸을 때 우리 집은 항상 개를 키웠다. 그래서인지 개는 가족처럼 느껴지는 반면에 고양이는 하룻밤쯤 묵고 가는 손님처럼 여겨진다.

그럼에도 아널드는 고양이를 좋아했다. 제니는 그렇게 선택한 네 번째 고양이었고, 13년을 살았다. 고양이치고는 적당히 산 편이다. 더구나 제니가 온갖 질병에 시달렸다는 점을 감안하면 장수했다고도 말할 수 있었다. 신장에도 문제가 있었고, 간에도 문제가 있었다. 심지어 피부암까지 앓았다. 아널드는 제니를 중심으로 삶을 꾸려갔다. 내가 그에게 들은 이야기를 종합해 보면 그는 도심의 어떤 사무실에서 일했다. 그러나 일은 제니만큼 중요하지 않았던지, 내게 어떤 회사에서 일하는지는 말하지 않았다. 하기야 그는 아침에 회사에 출근해서 코트를 벗고 하루 종일 책상에 앉아 일하다가, 다시 코트를 입고 퇴근하면서 그가 일하는 건물의 이름을 쳐다보지도 않을 사람이긴 했다. 어쩌면 그가 정말로 어떤 회사에서 일하는지 모를 수도 있을 거란 생각마저 들었다. 그래도 그는 그럭저럭 먹고살고, 사랑하는 제니를 정성껏 돌보며, 수의사에게 치료비를 낼 수 있을 만큼은 돈을 번다고 말했다.

제니는 아홉 개의 목숨을 하나씩 소모시켰고, 그때마다 아널드는 수의사에게 적잖은 돈을 지불해야 했다. 그러나 제니는 아널드에게 사랑하고 돌보아야 할 대상이 있다는 즐거움을 주었다. 이런 말에 웃어서는 안 된다. 우리 모두에게 그런 대상이 필요하다. 특히, 아널드처럼 큰 상처를 받은 사람에게는 그런 대상이 더더욱 필요하다.

아널드에게는 제니의 죽음이 현실로 닥친 비극이었지만 나에게는 좀 어리둥절하기만 했다. 그래서 완전한 유대교식 장례가 적절하지 않다는 걸 설명하고, 제니를 뒷마당에 묻고 간단한 기도를 해주라고 권한 후, 늦었으니 그만 돌아가겠다고 말했다. 아뿔사! 나는 일어서다가 그만 건드리지도 않은 머그잔을 걷어차고 말았다. 갈색 얼룩이 얇은 카펫과 신문지에 스며들었다. 나는 미안하다고 사과했다. 그러나 아널드의 집은 카펫에 차를 쏟은 것을 재앙으로 여길 만한 집은 아니었다. 그 카펫이 얼룩투성이여서 천만다행이었다.

나는 외곽도로를 따라 집으로 돌아와 만사를 제쳐두고 전화기로 직행했다. 헤블레스웨이츠 장의사와 아슬아슬하게 통화가 됐다. 그는 관을 장의차에 싣고 출발하려던 참이었다고 투덜거렸다. 어휴, 하느님 감사합니다! 그후 곧바로 아만다에게 전화를 걸어 사정을 설명하고 수선을 피워 미안하다고 말하자, 아만다는 깔깔대고 웃었다. 다행히, 아만다가 이미 다섯 사람에게 연락을 취했지만 자기가 알아서 처리하겠다고 말해 주었다. 그래서 경솔한 처신의 여파가 그런대로 쉽게 해결될 수 있었다.

이튿날 아침 사무실에 출근하자, 도리스가 "야옹!" 하며 나를 놀렸고, 그로부터 2시간 후에 있은 집행위원 모임에서는 아만다가 빙긋이 웃으며 "고양이가 뻣뻣하게 굳어 있진 않던가요?"라고 물었다.

불쌍한 아널드. 그가 옛날에 이집트에 살았더라면 사랑하던 고양이를 미라로 만들어 영원히 곁에 둘 수 있었을 것이고, 주변 사람들도 그를 충분히 이해했을 것이다. 하지만 세월이 변한 탓에 그는 다시 사랑을 잃은 불쌍한 사람으로밖에 보이지 않았다.

하늘이 맺어 준 모니카와 찰스

모니카는 친절했다. 모두가 그렇게 말했다. 모니카는 정말 자상한 여자였다. 하지만 모니카는 끔찍한 운명을 타고난 듯했다. 누군가를 뚱보라고 부르는 건 사회적으로 올바른 태도가 아니겠지만, 모니카를 보면 그 단어만이 아니라 '비대하다' '못생겼다' 등과 같이 거북한 단어들이 함께 떠올랐다. 아이들까지 모니카를 뚱보라 부르고 냄새가 난다고 놀렸다. 아이들이야 좋고 싫은 걸 숨김없이 드러내지 않는가. 사실, 모니카는 뚱뚱해서 땀을 많이 흘렸다. 그래서 전반적인 위생 상태가 별로 좋지 않은 것 같았다.

모니카에게도 좋은 점이 많았지만, 그 점을 눈여겨보는 사람은 없었다. 누군가를 사랑스럽게 보지 않는 이유는 그 사람이 정말로 사랑스럽지 않기 때문일까, 아니면 우리가 그를 사랑하는 방법을 몰라서일까? 이들은 대부분 아름다운 사람의 이상적 기준을 맞추지 못한 사람일 뿐이다. 하지만 세상에 그 기준을 맞추는 사람이 몇이나 되겠는가. 모델들도 사진작가의 눈에 맞추려고 화장을 하고 머리카락을 지지고 볶는다.

우리 모두가 모니카의 사정을 알았지만, 누구도 그 문제를 해결하려 나서지 않았다. 대신 모두가 뒤에서 구시렁거렸다.

《탈무드》에서 결혼은 하늘이 맺어주는 것이라 말한다. 누구에게나 수호천사가 있어, 그 수호천사가 태어날 때 헤어진 쌍둥이 영혼을 만나게 해준다는 것이다. 따라서 창조가 시작된 이후로 누구에게나 운명적으로 정해진 완벽한 짝이 있다. 멋진 말이고 부인하고 싶지 않은 말이다. 결혼식 설교로도 더할 나위 없이 좋은 말이다. 그러나 수호천사의 능력이 떨어지는 사람은 어떻게 해야 할까? 그래서 짝을 찾지 못한 사람은 어떻게 해야 하나? 어디에 광고를 하고, 누구에게 하소연해야 이 문제를 해결할 수 있을까?

옛날에는 선남선녀의 짝을 찾아주는 걸 자랑으로 여기는 중매쟁이가 맞선의 일종인 시두흐를 주선했었다. 이런 중매 행위가 지금도 존재하기는 하지만, 익명을 보장하며 대도시에서 장삿속으로 운영된다. 그 외에 싱글들의 주말, 청소년 클럽, 문화 여행 등과 같은 모임이 있기는 하지만, 매력 있는 여자조차 그런 여행이나 모임에서 알맞은 짝을 찾는 경우는 드물다. 게다가 모니카는 십대도 아니었다. 세월의 시계는 인정사정없이 째깍거렸다. 모니카는 짝을 찾으려고 온갖 노력을 다 해보았지만 번번이 실패했다. 그래도 예배에 꾸준히 참석해서 열심히 기도했다. 가엾은 처지이니 기도할 게 많기도 했을 것이다.

그러던 어느 날, 찰스가 등장했다. 찰스는 우리 회당의 신입 회원이었고, 자동차 판매원으로 30대 중반의 독신이었다. 그의 회사가 새 지점을 개설하면서, 그곳의 실적을 올리기 위해 파견된 사람이었다. 그런데 그는 키도 작은 데다 빼빼 말라, 자신의 몸부터 토실하게

키워야 할 듯했다. 게다가 대머리에 안경까지 썼다. 그래도 항상 어설픈 미소를 띤 사근사근한 사내였다. 그는 우리 회당에 찾아왔고, 내가 면담을 했다. 모두가 그를 따뜻하게 맞아주었다. 하지만 흔한 신입 회원 중 한 명일 뿐이었다.

그런데 모니카에게는 그렇지 않았다. 그가 안식일 예배에 처음 참석한 날, 모니카는 그에게서 눈을 떼지 않았다. 우리 모두가 모니카의 적극적인 행동에 깜짝 놀랄 지경이었다. 모니카는 고개까지 돌리고 노골적으로 찰스를 뚫어지게 쳐다보았다. 하지만 찰스는 아무런 반응을 보이지 않았다. 괜한 허세였을까? 예배 시간에는 누구나 기도와 하느님께 집중하는 게 원칙이기는 했다.

하여간 서너 주가 지나자 그들은 예배 시간에 나란히 앉기 시작했고, 어느 날 내게 전화를 걸어 면담 약속을 정했다. 나는 너무 기뻤다. 어떤 노력으로도 모니카를 도와줄 수 없어 괴롭던 문제가 마침내 해결된 것이었다. 드디어 모니카가 짝을 찾아냈고, 또 그 짝이 모니카를 찾아낸 것이었다.

그들은 다른 사람의 눈에는 이상한 부부였지만, 누구보다 행복한 부부였다. 후파(결혼식에 쓰이는 덮개) 아래에서도 찰스는 여느 때보다 크고 자신감이 넘쳐 보였다. 반면에 모니카는 정말로 다소곳한 신부처럼 보였다. 그들이 즐거워하는 모습에 우리 모두가 진정으로 기뻐했다. 나는 혹 킥킥거리며 웃고 빈정대는 소리가 들리면 어쩌나 걱정했지만 그렇지 않았다. 많은 사람이 진정으로 함께하며 보고 싶어

한 결혼식이었다.

  모니카와 찰스는 지금도 행복하게 잘 살고 있다. 두 아이를 사산하고 거의 신경쇠약에 빠졌던 모니카는 결국 건강한 딸을 낳고 어머니가 됐다. 그 아기에게 축복해 줄 때, 그들이 연단에서 보여준 자부심과 만족감을 내가 다른 부부에서 다시 느낄 수 있을지 의문이다.

삶과 사랑에 대한 책의 철학

랍비는 장년기를 훨씬 넘긴 사
람들을 자주 만난다. 대부분의 사람들이 늙고 쇠약해지면 말년을 연
금 생활이나, 양로원에 의탁해 살아간다. 일반적인 현상이어서, 우
리가 이런 현상을 변화시키기 위해 할 수 있는 일은 거의 없다.

내가 오래전부터 장례식에서 시작한 일이 있다. 장례 예배를 드릴
때 가족들에게 가능하면 고인의 젊은 시절 사진을 준비해 달라고 부
탁하는 것이다. 회당에서는 뒷자리에 조용히 앉아 있고, 말라버린 양
배추처럼 누워 있는 노파로만 알던 늙은 여자가 갑자기 매끈하고 섹
시한 다리를 가진 무희로 변했고, 때로는 풍만한 젖가슴을 가진 젊은
어머니, 유행했던 스타일로 멋을 내고 행복한 미소를 띤 풋풋한 여인

166

으로 변신했다.

이쯤에서 노화와 죽음에 관련하여 끝없이 반복되는 질문이 되살아난다. 우리는 어떻게 기억되기를 바라는가? '꼰대'나 '늙은 고집쟁이'로 기억되기를 바라는가, 아니면 박력 있는 젊은 남자나 여성미가 넘치던 시절의 모습으로 기억되기를 바라는가?

손자는 할아버지를 처음부터 노인으로 만난다. 어쩔 수가 없는 일이다. 그래서 학교에서 홀로코스트 생존자들의 이야기를 들은 아이들도 그들이 처음부터 노인으로 태어났다고 생각하기 십상이다. 그러나 그들은 당시 젊고 강했기 때문에 홀로코스트에서 살아남을 수 있었다. 그때는 젊었던 사람들이 이제는 노인이 됐다. 적어도 겉으로는! 그런데 세월이 지나도 내면에서는 여전히 젊음을 유지하는 사람들이 있다.

잭의 경우가 그랬다. 잭에 대한 의견은 분분했다. 프리스 부인과 같은 사람들은 경멸 어린 말투로 "그 잭? 세상에 그런 난봉꾼이 어딨어!"라고 말했다.

반면에 잭을 좋게 기억하는 사람들도 있었다. 특히 매기는 포근한 미소까지 지으며 "잭은 정말 훌륭한 청년이었어요. 매력적이었고, 착하기도 했지요. 한마디로 따뜻한 사람이었어요."라고 말했다. 내 생각이긴 하지만, 매기는 잭을 더 멋진 말로 칭찬하고 싶었으나 마땅한 말이 떠오르지 않은 듯했다.

완전히 상반된 의견에 나는 약간 당혹스럽기도 했다. 여하튼 은밀히 조사한 끝에, 잭은 결혼하지 않았지만 밤낮으로 어느 때나 여자가 떨어진 적이 없는 남자였을 거란 결론을 얻었다. 어쨌든 잭은 내가 만나야 할 사람이었다.

잭은 로즈 베이 양로원에서 지내고 있었다. 공원 옆에 자리 잡은 빅토리아풍의 큼직한 건물들로 이루어진 양로원이었다. 노인들은 통풍이 되지 않아 후텁지근한 휴게실에서, 등받이가 높은 안락의자에 식물처럼 앉아 하루 종일 텔레비전을 보면서 죽음이 영원한 안식을 안겨주기를 기다렸다.

옛날에 이 낡은 집들 하나하나가 지역 유지, 실업가, 시의원의 집이었다. 어느 집에나 여자 가정교사, 집사와 하녀, 마차와 말이 있었다. 도로에서 집까지 연결된 긴 진입로는 그들을 바깥 세계와 분리해 주는 길이었다. 그래서 그들은 "저택이 있는 곳에 길이 있다."고 자랑스레 말했다. 그러나 지금은 진입로를 포장한 아스팔트도 벗겨지고 뜯겨 나갔으며, 돌담은 연기에 그을려 검게 변해 버렸다. 월계수 숲도 관리되지 않아 과거의 찬란했던 분위기와는 반대로 전체적으로 어둡고 음침한 분위기를 띠었다. 또 창틀도 모두 페인트칠을 다시 해야 할 듯싶었고, 무슨 이유인지 모르지만 언제나 수프 냄새가 풍겼다.

그런 곳을 방문할 때는 미리 약속할 필요가 없었다. 그들은 누가 방문하더라도 즐거워했다. 단조로운 삶에서 잠시나마 벗어날 수 있었기 때문이 아닐까 싶었다. 누군가 찾아와 한 노인과 얼굴을 마주보고 이야기를 나누고 있으면, 두세 명의 노인이 보행 보조기에 의지해 다가와서는 그들의 대화에 끼어들기 일쑤였다. 그래서 그들이 아예 가까이 다가오지 못하게 막아야 했다. 그러지 않으면, 젊은 사람에게 잠깐이라도 말문을 트려는 노인들의 필사적인 몸부림을 뿌리치기 힘들었다.

나는 화요일 오후에 잭을 찾아갔다. 큰길에 차를 주차시키고 진입로를 걸어 올라갔다. 상당히 가팔랐다. 노인들을 안에 가둬두기엔 좋을 것 같았다. 현관 벨을 누르자 검은 머리칼에 뚱뚱한 여자가 문을 열어주었다. 내가 잭을 만나러 왔다고 하자, 그녀는 "잭이요? 알았습니다."라고 말하며 미소를 지어 보였다. 잭의 친구는 자기의 친구라고 생각하는 듯한 표정이었다. 그녀는 나이가 무척 많아 보였지만 허리를 꼿꼿이 세우고 앉은 남자에게 나를 데려갔다. 그는 얼굴을 들어 나를 똑바로 쳐다보며 손을 내밀어 내 손을 꼭 잡았다. 그리고 살짝 윙크를 하며 빙그레 웃었다. 남자가 봐도 반할 정도로 매력적인 미소였다. 나를 안내해 준 여자에게 하는 행동으로 봐서는 구제불능의 바람둥이였다.

그의 몸은 늙었지만 마음만은 여전히 청춘이었다. 우리는 이런저런 이야기를 나누었다. 그후로도 나는 그를 여러 번 찾아갔고, 그때마다 오랫동안 이야기를 나누었다. 덕분에 나는 잭에 대해서 많은 것을 알게 됐다. 잭의 삶과 사랑에 대해서만 알게 된 것이 아니었다. 사랑이 무엇이며, 여자들은 어떤 식으로 생각하며, 여자들의 생각을 꿰뚫어보는 방법까지 배웠다. 잭은 그 분야의 전문가로 자처했다. 그가 내게 말한 것의 절반의 절반만 사실이어도 그는 매우 까다롭고 미스터리하며 골치 아픈 문제에 대한 남다른 전문가였다.

나는 잭과 이야기를 나누면서는 아무런 기록을 하지 않았지만, 가끔 차에 돌아와 시동을 켜기 전에 수첩에 몇 마디를 적어두었다. 머릿속에서 뭔가를 꺼내 종이에 옮겨놓으면서, 나 자신을 위한 비망록을 작성한 셈이었다. 요컨대 그는 온실에서 자란 나보다 훨씬 많은 것을 알았다. 또 그는 자신의 지식을 내게 알려주는 걸 즐기는 듯했다. 자랑하고 뽐내려는 기색은 전혀 없었다. 그러나 그는 과거를 돌아볼 뿐, 미래를 내다보지는 않았다. 그가 터득한 지식을 기꺼이 나눠줄 뿐이었다. 랍비가 제자를 구하는 것처럼, 나는 그의 발밑에 앉았고 그는 나의 렙베(유대인 학교의 선생, 이디시 어로 랍비를 뜻함)가 됐다. 적어도 그 분야에서는 나의 선생이었다.

우리는 연령 차이를 초월해서 친구가 됐다. 나는 외로운 노인에게 위안을 주려고 찾아갔지만, 그는 조금도 외롭지 않았고, 오히려 즐겁게 살고 있었다. 나는 그와 함께할 30분의 시간이 항상 기다려졌다.

처음에 그는 내게 "나는 언제나 여자를 좋아했지요, 랍비님. 하지만 한 여자에게만 정착하고 싶지는 않았습니다. 나는 모든 여자를 좋아했거든요. 한 여자에게 정착해서, 그 여자에게만 충실하며 얽매이고 싶지는 않았습니다. 단 한 번도!"라고 말했다.

아하, 이유가 거기에 있었군. 처음에는 변명에 불과한 것 같았지만 시간이 지나면서 나는 그 말이 사실이라고 확신할 수 있었다.

잭은 방랑자였다. 이 여자에서 저 여자에게로 떠돌아다니는 방랑자였다. 하지만 그가 언제나 신사답게 행동하며 여자들에게 좋은 기억을 남겨주었다는 점이 무엇보다 중요했다. 어떤 여자도 그에게 배신감을 느끼지 않았다. 안타깝게도 프리스 부인의 생각은 달랐지만.

여하튼 그는 훌륭한 선생이었다. 그가 툭툭 던지는 말은 기막히게 멋져서, 나는 그 말을 나중에라도 옮겨 쓰지 않을 수 없었다. 그가 내게 해준 말의 단편들을 모아 정리하면, '삶과 사랑에 대한 잭의 철학' 이란 책까지 꾸밀 수 있을 것 같았다. 나는 듣고 배웠으며 기록했다. 그렇게 배운 걸 내가 여자에게 써먹어봤냐고? 이런 질문에 내가 대답할 성싶은가.

"비결은 누가 뭐라 해도 먼저 주는 겁니다. 가장 좋은 방법입니다. 먼저 줘야 되돌려받을 수 있습니다. 진정으로 사랑하는 사람은 사랑을 주지, 빼앗지 않습니다. 물론 남자나 여자나 마찬가지입니다. 또 받는 것이 주는 것이기도 합니다. 받는 사람이 주는 사람에게, 사랑을 주었다는 즐거움, 또 그의 사랑이 기꺼이 받아들여졌다는 즐거움을 줄 수 있습니다. 랍비님, 이 말을 꼭 기억하십시오. 우리는 '섹스를 한다' 는 말을 '사랑을 만든다' 라고도 표현합니다. 사랑은 우리가 만들어가야만 하는 겁니다. 사랑은 혼자서는 이루어지지 않습니다. 사랑에는 노력이 필요합니다. 때로는 정말 힘든 일이기도 합니다. 하지만 그만 한 가치가 있습니다. 랍비님, 사랑은 공들일 만한 가치가 있는 겁니다."

잭이 계속해 말했다.

"하지만 나는 누구와도 잠자리만 함께하지 않았습니다. 누구와도 섹스만을 하지 않았습니다. 나는 언제나 사랑을 만들었습니다. 그건 다릅니다. 여자들은 그 차이를 압니다. 섹스를 하지 않고 그저 안고만 있을 때도 많았습니다. 내가 피곤할 때나 여자가 피곤해 할 때는 그랬습니다. 하지만 그런 건 중요하지 않습니다. 나는 그걸 즐겼고, 여자들도 그걸 좋아했습니다. 나를 만나서 행복해 했습니다. 누구도 지루해 하지 않았습니다. 언제나 칭찬하고, 언제나 신사답게 행동하는 게 중요합니다."

때때로 잭은 말장난하는 걸 좋아했다.

"전희(前戱)는 쌍방향이어야 합니다. 둘이서 해야 한다는 뜻입니다. 그러지 않으면 한쪽이 상대를 기계적으로 즐겁게 해줄 뿐입니다. 실제로는 세 방향이라 할 수 있습니다. 둘이 각자 즐기고, 서로 즐겁게 해주며, 서로 상대가 즐기도록 도와주니까요. 또 입맞춤을 하는 것과 입맞춤을 받는 것도 무척 다릅니다."

우리는 음악에 대해서도 이야기했다. 잭은 다양한 취미를 가져, 우리는 공통된 부분도 찾아낼 수 있었다. 그러나 잭은 어떤 식으로

172

든 모든 것을 본연의 주제에 연결시켰다.

"랍비님, 젊었을 때 나는 오케스트라 음악만을 좋아했습니다. 음악은 웅장하고 복잡해야 한다고 믿었거든요. 하지만 나중에는 실내악의 참맛을 알게 됐고, 또 그후에는 가요까지 좋아하게 됐습니다. 나는 어떤 의미에서 독주자와 무척 흡사합니다. 하지만 3중주나 4중주, 5중주에서 악기들이 서로 존중하고, 선율을 교대로 주고받으며 기준음을 제시하는 방법을 깨닫게 됐지요. 악기마다 고유한 음색과 음조를 갖고 있지만 서로 보완하는 역할을 해준다는 것도요. 심지어 베토벤이나 슈베르트의 질풍노도적인 악절에서도 본질적인 기본은 그대로 유지됐습니다. 거기에서도 악기들은 언제 들어오고, 언제 음량을 높이며, 언제 속도를 늦춰야 하는지 지시하는 지휘자에게 의존하지 않습니다. 악기들은 서로를 느끼면서도 고유한 음색을 유지해야 합니다.

완벽한 이중주는 완벽한 사랑 만들기와 비슷합니다. 둘 모두 상대의 부름에 완벽하게 반응해야 한다는 점에서 그렇습니다. 두 연주자가 서로 상대의 연주에 귀를 기울이며 적절히 대응해 선율을 빚어낼 때 훌륭한 재즈 이중주가 되는 겁니다. 사랑 만들기도 다를 바가 없었습니다. 그래서 재즈가 고혹적으로 들리는 것이고, 사람들이 열광하는 겁니다."

잭은 내게 음악과 사랑에 대해 새로운 눈을 뜨게 해주었다. 잭은 언젠가 "악기는 우리에게 사람처럼 대해 주기를 바란다고 말하는 듯합니다. 악기가 정말로 원하는 것은 여자처럼 대우받는 겁니다. 별로 다르지 않은 것처럼 들리지만, 엄연히 다릅니다."라고 말하며 이렇게 덧붙였다.

"밤에는 모든 고양이가 회색으로 보인다는 말을 들어본 적이 있습니까? 정말 그렇습니다. 침대에 함께 누우면 여자의 코가 어떻게 생겼는지, 머리카락이나 눈동자가 어떤 색이며, 다리가 뚱뚱한지 미끈한지는 조금도 중요하지 않습니다. 그 순간 우리는 다른 것, 훨씬 본질적인 것에 집중합니다. 아무리 못생긴 여자도 사랑받고 애무받고 싶어 합니다. 평소엔 남자와 함께할 기회가 없고, 기억에 간직할 만한 남자가 없기 때문에 더욱더 간절히 원합니다. 그래서 항상 미소를 띱니다."

그는 가족이 없는 것을 단 한 번 가볍게 아쉬워했을 뿐이다. 그러나 가족을 갖지 않은 이유도 나름대로 미스터리한 면이 있었다. 그는 여러 직업을 전전했고, 많은 여행을 했다. 한때는 동양에서 지내며 종교에 잠시 심취했다고 하면서도 구체적으로 말해 주지는 않았다. 내가 알아낸 바에 따르면, 그가 어떤 회사를 대표해 싱가포르에서 수년을 보낸 것은 사실이었다.

"《성경》에는 하느님이 우리에게 남자와 여자가 되기를 바란다고 쓰여 있습니다. 하느님은 남녀의 차이가 무척 중요하다고 생각하신 거죠. 그래서 우리를 두 무리로 나누어서, 서로에게 필요한 존재가 되게 했습니다. 이런 신성한 분리가 있었던 까닭에, 새로운 생명을 창조하기 위한 신성한 재결합이 필요한 겁니다. 어떤 여자든 어머니가 되려면, 그의 어머니가 겪었던 과정을 똑같이 겪어야 합니다. 바로 분만의 고통입니다. 물론 남자도 자신의 아버지처럼 창조의 짝이 된다는 뿌듯하면서도 초조한 과정을 겪지만, 그 과정이 반드시 요구되는 건 아닙니다. 솔직히 말해서 나는 나 자신을 위해 그런 과정을 원하지 않았습니다. 자식을 원하지 않았습니다. 시끄러운 울음소리나 어수선한 생활을 원하지 않았습니다. 그에 따른 비용을 지출하고 싶지도 않았습니다. 하지만 무엇보다 큰 이유는 책임을 떠안기 싫었습니다. 그래서 항상 조심했습니다."

이렇게 말한 후, 그는 잠시 침묵에 빠져들었다. 꽤 긴 시간이었다. 그래서 나는 말없이 일어나 떠날 수밖에 없었다. 그가 그렇게 말했지만 진정한 속내가 아니라는 걸 순간적으로 깨달았던 것일까? 나는 그를 재촉하고 싶지 않았다. 적어도 그때는. 언제라도 다시 만나러 오면 그만이니까.

그후 어느 날 그는 이렇게 말했다.

"비결은 뒤돌아보지 않는 겁니다. 지금 눈앞에 있는 것을 즐기고,

현재의 우리를 즐길 줄 알아야 합니다. '나는 40년쯤 젊어 보였으면 좋겠어!'라고 말해 보았자 소용없습니다. 그렇지도 않고 그럴 수도 없기 때문입니다. 우리는 지금의 우리일 뿐입니다. 손가락을 제외한 신체의 모든 부위가 제대로 기능하지 않더라도, 요컨대 손가락만 움직일 수 있더라도 대단한 겁니다.

모든 여자가 모험을 자극하는 신천지입니다. 모든 여자가 똑같은 걸 원합니다. 나이는 중요하지 않습니다. 얼굴이 못생기고, 엉덩이가 코끼리만큼 크고, 가슴이 납작해도 상관없습니다. 그런 건 중요하지 않습니다. 행복하게 해주면 모두가 똑같은 소리를 냅니다. 여기 양로원에서 일하는 여자들도 다를 바가 없습니다. 그들은 근무 시간이 들쑥날쑥합니다. 그래서 남편들이 그들에게 관심을 보이지 않을 겁니다. 하지만 누군가, 심지어 나처럼 늙은 사람이라도 관심을 보여주면 몹시 좋아합니다. 더구나 다정한 마음을 보여준다면……. 여하튼 밤엔 어둡습니다……."

그리고 잭은 덧붙여 말했다.

"그들이 누구를 생각하고 무엇을 생각하느냐는 중요하지 않습니

다. 그들이 이 순간 당신과 함께 있다면 말입니다."

아하! 그때서야 양로원 여직원들이 잭의 주변에 모여들고, 항상 그에게 미소를 지어 보이는 이유가 설명됐다. 눈여겨볼수록 그런 낌새가 더 확실하게 느껴졌다. 여직원들은 그의 주변에서 맴도는 데 그치지 않고 가능하면 가까이 다가오려 애썼다. 그는 제왕처럼 여직원들을 완전히 휘어잡고 있었다!

얼마 후 누군가가 전화해서, 잭이 많이 아프다고 전해 주었다. 내가 양로원을 방문했을 때는 해가 저문 뒤라 문이 굳게 닫혀 있었다. 나는 벨을 눌렀다. 한참을 기다려도 대답이 없었다. 다시 벨을 눌렀다. 역시 응답이 없었다. 다시 벨을 눌렀다. 마침내 불이 켜지고, 한 여자가 문을 열어주었다. '딱딱한 사감'이란 표현이 딱 어울리는 여자였다. 여하튼 잭은 멀쩡하게 깨어 있었고, 오히려 기분도 좋은 듯했다. 그녀는 내게 묘한 미소를 지으면서 방문을 열어 들어가게 해주었다.

종말은 신속하고 행복하게 다가왔다. 양로원에서 내게 전화를 걸어, 잭이 지난밤에 편히 잠을 자던 중에 운명했다고 알려주었다. 장례식은 성대하게 치러졌다. 피붙이를 하나도 남기지 않고, 운명하기 수년 전부터 양로원에서 지낸 사람의 장례식치고는 놀라울 정도로 많은 사람이 참석했다. 노부인만 스무 명이 넘을 듯했다.

내가 점잖은 신사 잭이 어떤 사람이었고, 그가 주변 사람들을 얼마나 사랑하고 존중했는지 이야기하자 노부인들 모두가 조용히 흐느끼면서 손수건을 적셨다. 양로원 여직원들도 대거 참석했고, 낯선 여자들도 눈에 띄었다. 내가 "잭은 우리를 특별한 사람으로 느끼게 해주었습니다."라고 말하자, 한숨 소리가 여기저기에서 터졌다.

특별히 눈여겨보기도 했지만, 프리스 부인이 가장 큰 소리로 통곡했다.

이스라엘! 그는 하느님과 씨름했고, 자신의 과거와

운명을 이겨내려 싸웠던 사람이었다. 그의 아버지

가 굴욕과 추방의 증거로 취할 수밖에 없었던 이름

이었다. 그러나 시만은 미래를 향한 도약의 상징이

었다.

5.

희망

삶은 끝없이 계속된다

곰인형의 진실

국유치 우편

삶은 끝없이 계속된다

시먼즈 씨가 마침내 운명했다. 오랜 시간이 걸렸다. 죽음을 향한 쇠락은 느릿했지만 가차 없이 진행됐다. 처음엔 육체가 병들었고, 다음엔 정신이 무너지기 시작하면서 결국 양로원으로 옮겨왔다. 양로원에서도 처음에는 다른 노인들처럼 '햇살방'의 의자에 앉아 따뜻한 햇살을 즐기며 보살핌을 받았지만, 나중에는 누워만 있는 환자들을 수용하는 헬스턴 병동으로 옮겨졌다. 시먼즈 씨는 그곳에서 창백하고 쪼글쪼글한 얼굴로 천장만 쳐다보다가 어느 날 생명의 불씨를 완전히 꺼뜨리고 말았다. 엘리엇의 표현을 빌면, '당당하지 않게 꺼져가듯' 사라지고 말았다. 중얼거리고 속삭이는 소리처럼.

장례식은 지극히 간소했다. 대부분의 동년배가 이미 세상을 떠난 뒤였고, 많은 사람들이 직장 때문에 시간을 내지 못했다. 10월 말 목요일 아침 11시에 시먼즈 씨는 땅에 묻혔다. 그 옆으로는 7년 전에 세상을 떠난 그의 아내, 잉게보르그의 묘가 있었다. 영어식 이름이 아니었다. 그러나 시먼즈 씨도 처음부터 시먼즈는 아니었다. 그의 출생증명서에 쓰인 이름은 하인리히 시몬손이었다. 그후 그는 하인리히 이스라엘 시먼즈가 됐다. 아니, 그렇게 이름을 바꿔야만 했다. 영국에 오기 전에 영국인이 된 셈이었다.

그의 아들 마틴 시먼즈가 장례식에 참석했다. 결혼하지 않은 중년 남자로, 부유해 보였지만 허세를 부리지는 않았다. 겉모습으로 보아 전문직에 종사하는 듯했다. 그는 조용히 서서, 내 지시에 따라 카디시(예배가 끝날 무렵에 부르는 송영)를 나지막이 읊조렸다. 장례식이 끝나고 모두가 묘지를 떠나려 할 때 그가 내게 다가와, 이튿날에 개인적인 시간을 내줄 수 있겠느냐고 물었다. 내가 말했다.

"오늘은 안 됩니까?"

"죄송합니다, 할 일이 있습니다. 내일 아침이면 좋겠습니다."

"좋습니다. 11시면 되겠습니까?"

"예, 그 시간에 랍비님의 사무실로 찾아뵙겠습니다."

일사천리로 진행된 대화였다.

다음날 11시를 좀 넘어 비서가 방문객이 있다고 알려왔다. 마틴 시먼즈였다. 시먼즈 씨가 병석에 눕기 시작하면서 그를 서너 차례 방문하기는 했지만, 마틴에 대해서는 잘 몰랐다. 그래서 마틴이 무슨 이야기를 할지 짐작할 수 없었다. 우리는 의례적인 인사말을 나누었고, 장례식에 대해서도 잠깐 언급했다. 그후 그는 몸을 살짝 앞으로 기울이며 말했다.

"랍비님, 이름을 바꾸고 싶습니다. 그래서 유대교에서는 개명에 대해 뭐라고 하는지 여쭙고 싶었습니다."

정말 뜻밖의 질문이었다.

"깊은 병에 걸려 이름을 바꾸면 죽음의 천사가 그 사람을 찾아내지 못한다는 미신이 있기는 합니다. 이름을 바꾸는 건 운명을 바꾸는 것이라고 믿는 셈이죠. 하지만 그건 희망사항이지 객관적인 관계는 없습니다. 그런데 왜 이름을 바꾸시려고?"

"예, 아버지도 이름을 바꾸셨습니다. 나라고 바꾸지 못할 이유가 있을까요? 아버지가 돌아가셨으니 이제 저는 새 출발을 하고 싶습니다. 과거를 깨끗이 잊고 싶습니다."

"이름에 무슨 문제라도 있습니까?"

"내 이름이 아니기 때문입니다. 아니, 내 이름이었던 적이 없습니다."

나는 이야기가 엉뚱한 방향으로 흘러 당혹스러웠다.

"무슨 사정인지 자세히 말씀해 주시겠습니까?"

그후 그의 오랫동안 억눌렸던 고통과 분노가 쏟아지며 내 책상과 나를 흥건히 적셨다. 나는 놀라서 그저 듣고만 있을 수밖에 없었다.

"제 형님의 이름입니다. 이복형이 아니라 친형이요. 형님은 제가 태어나기 전에 죽었습니다. 형님의 이름도 마틴이었죠. 여덟 살 때 아버지, 어머니와 함께 동쪽으로 강제 이주당했습니다. 무슨 뜻인지 아실 겁니다. 세 분은 뿔뿔이 헤어졌습니다. 어머니는 유대인 강제 노동수용소에 갇혔고, 아버지는 다른 수용소에서 지냈습니다. 전쟁이 끝나고 일 년인가 지나서 적십자의 도움으로 부모님은 다시 만났지만, 마틴은 죽고 없었습니다. 두 분은 모든 걸 다시 시작하고 싶어 하셨고, 제가 그 결실이 됐지요.

두 분은 저를 마틴이라 불렀습니다. 결국 제 삶 전체가 형의 대리인이 됐습니다. 평생 동안 저는 등에 다른 마틴을 짊어지고 살아야 했습니다. 어렸을 때 '마틴은 이렇게 했었지', '마틴은 이런 걸 잘 먹었지'라는 말을 귀에 딱지가 앉도록 들어야 했습니다. 하지만 내가 마틴이지 않습니까! 처음엔 무슨 말인지 이해하지 못했고, 나중에는 견디기가 힘들었습니다. 그래서 결국 집을 떠났습니다. 물론 나이를 꽤 먹은 때이긴 했습니다.

랍비님, 나이면서도 내가 아닌 사람과 비교당하는 기분이 어떤 건지 상상하실 수 있겠습니까? 너무나 잘 알지만 한 번도 만나지 못한 사람, 같은 부모와 같은 유전자를 가졌지만 생일이 다른 사람과 비교당하는 기분을 짐작이라도 하시겠습니까? 부모님은 형님의 생일, 6월 14일을 잊지 않고 항상 달력에 표시해 두셨습니다. 그런데 두 분의 계획과 달리, 제가 석 달 후인 9월 20일에 세상에 태어났을 때

185

두 분이 얼마나 당황하셨을
지 짐작할 수 있습니다. 형님의
사진은 남아 있지 않았습니다. 형님에 관련된
서류 한 장도 남아 있지 않았습니다.
그저 기억이 전부였습니다. 아,
제가 있었군요. 저는 살아 있는
유령이었습니다. 대용품이었죠.
이제 그런 삶을 살고 싶지 않습
니다!"

"그래서 그후엔 어떻게 됐나요?"

"랍비님도 아시겠지만, 어머니는
수년 전에 돌아가셨습니다. 그래도 아버지가
살아 계신 동안에는 이름을 바꾸고 싶진 않았습니다. 하지만 지금은
다릅니다. 제 나이가 이제 마흔일곱입니다. 이제부터라도 내 이름을
갖고 내 삶을 살고 싶습니다. 다시 시작하고 싶습니다. 깨끗한 마음
으로요. 누구의 대신이 아닌 나의 주인으로 살고 싶습니다. 그렇게
할 수 있을까요?"

나는 등을 기대고 앉았다. 간단한 이야기가 아니었다. 생각할 시간이 필요했다.

"《성경》에서 이름은 중요한 의미를 갖습니다. 하느님께서는 아브람을 아브라함으로, 사래를 사라로 고쳐주셨습니다. 모세는 호세아를 여호수아란 이름으로 고쳐주었습니다. 또 천사는 얍복 강에서 야곱의 이름을 이스라엘로 고치라고 했습니다. 어떤 경우에나 개명은 새 출발을 뜻합니다. 삶에서 새로운 장에 들어선다는 뜻입니다. 야곱은……."

나는 잠시 말을 멈추고 생각을 정리했다.

"야곱은 형의 뒤꿈치를 잡은 사람이란 뜻에 불과하지만, 이스라엘은 하느님과 씨름한 사람을 뜻합니다."

"그런가요? 몰랐습니다."

"그렇습니다. 이상한 이야기이긴 하지요. 야곱은 어둠 속에서 보이지 않는 적수와 싸웠습니다. 일부 랍비는 이 이야기를 내적인 분발이라 해석하기도 합니다. 여하튼 야곱은 씨름을 했고, 밤이 걷히기 시작하자 그 신비로운 존재는 도망치려 했습니다. 그때 야곱은 축복을 해주면 놓아주겠다고 합니다. 그래서 그 신비로운 존재는 야곱에게 새 이름을 주었습니다. 결국 야곱은 과거 속의 누군가와 싸워서 이겼고, 그 때문에 미래를 향해 나아갈 수 있었습니다. 얄궂게도…… 얄궂게도 이때의 미래는 형인 에서와 담판을 짓고 타협하는 것을 뜻했습니다. 새로운 삶을 시작하기 전에."

그는 넋이 나간 듯한 표정으로 말했다.

"새로운 삶! 나는 지금까지 내 삶을 산 것 같지 않습니다. 아직까지 내 삶을 살지 못했습니다. 진정한 안정을 이루지 못했습니다. 결혼조차 하지 않았습니다. 여자친구가 생길 때마다 내가 누구인지 혼란스럽기만 했습니다. 그랬더니 여자친구들이 떠나가더군요. 하지만 붙잡을 수 없었습니다. 내 정체성에 대한 불안감이 너무 깊었으니까요. 물론 부모님은 새로운 삶을 시작했고, 어쨌든 저는 그 새로운 삶의 일부였습니다. 하지만 실제로 저는 두 분에게 과거 삶의 연장, 아니 반복에 불과했습니다. 그래서 제가 혼란스러운 것입니다."

"전쟁이 끝난 후에 많은 사람들이 새로 시작해야 했습니다. 여기에 이주한 사람들이 대부분 영국식 이름으로 바꾼 것도 사실입니다. 그들은 외국인으로, 이민자로, 피난민으로, 망명인으로 보이기 싫었던 겁니다. 그래서 새 집과 새 이름이 필요했던 겁니다. 회원 명부를 보면 무척 흔한 일이란 걸 알 수 있습니다. 더 구체적으로 말하면, 똑같은 일이 한 세대에 걸쳐 일어났습니다. 지난 세기에 동유럽에서 이주해 온 사람들도 그랬으니까요. 많은 젊은이가 고향을 버리고, 폴란드나 리투아니아, 갈리시아식 성을 지워버리기로 결정했던 겁니다. 그래서 모셰는 모리스가 됐고, 레비스는 루이스가 됐습니다. 히르슈는 해리스가 됐습니다. 때로는 세관 관리들이 외국 이름의 철자를 잘못 적어, 이상한 이름이 되기도 했습니다.

반면 이스라엘로 돌아간 사람들은 히브리식으로 이름을 바꾸었습니다. 그냥 번역해서 이름을 바꾼 사람도 있었지만, 예전의 이름을 히브리 어 발음과 비슷한 이름으로 바꾼 사람도 있었습니다. 당신도 알겠지만, 벤 구리온 수상은 모든 각료에게 히브리식으로 이름을 바꾸라고 강요하기도 했습니다. 이스라엘의 대표들이 독일이나 폴란드, 러시아식의 이름으로 세계를 돌아다는 걸 탐탁지 않게 생각한 겁니다. 그래요, 그들은 새 나라에서 새 언어를 당연히 사용해야 했습니다. 벤 구리온은 원칙의 문제로 생각했던 겁니다. 따라서 당신이 정말 이름을 바꾸고 싶다면 나는 말리지 않을 겁니다. 그런 전례가 많으니까요."

그는 고맙다고 말했다.

"그런데 제가 원하는 이름이면 어떤 것으로나 바꿀 수 있을까요?"

"히브리식 이름을 갖지 못한 사람도 상당히 많습니다. 그래서 성인식이나 결혼식을 할 때면 내가 적절한 이름을 지어줘야 했던 적이 한두 번이 아닙니다. 그때마다 나는 같은 문자로 시작하거나 비슷한 의미를 갖는 것으로 적절한 이름을 찾습니다. 또 유대교로 개종해서 새 출발을 하는 사람들도 히브리 이름을 가져야 합니다. 회당에서는 그 이름을 사용하니까요.

하지만 당신 경우는 많이 다릅니다. 랍비의 입장에서 크리스토퍼나 그런 이름은 권하고 싶지 않군요. 또 베트남이나 중국식 이름은 당신이 원하지 않을 것 같고요. 여하튼 당신의 뜻대로 어떤 이름으로 바꿔도 상관없습니다. 물론 약간의 서류 작업이 필요하겠지요. 또 운전면허증, 은행계좌 등 모든 걸 바꿔야 할 겁니다. 결코 가볍게 생각해서 결정할 일이 아닙니다. 친구들에겐 중간 이름으로 불러달라고 하면 한결 쉽기는 할 겁니다."

"맞습니다. 그런데 저는 중간 이름이 없습니다. 그래도 랍비님 덕분에 많을 걸 생각하게 됐습니다. 고맙습니다."

"천만에요. 내가 도울 일이 있으면 언제라도 연락주십시오."

그후로 거의 일 년 동안 아무런 연락이 없었다. 그러던 어느 날 나는 한 통의 편지를 받았다. 이스라엘에서 보낸 편지였다.

"랍비님, 아버지의 장례 예배가 끝난 후에 주신 소중한 조언에 다시 한 번 진심으로 감사드리고 싶습니다. 쉽게 결정할 수는 없었습니다. 하지만 기왕에 새 출발을 할 바엔 철저하게 다시 시작하자는 생각이 들었습니다. 그래서 과거와 완전히 단절하기로 결심했습니다.

지금 저는 이스라엘에 있습니다. 텔아비브에 조그만 아파트를 마련했습니다. 아직 일자리를 구하진 못했지만 곧 좋은 일자리가 생길 겁니다. 유산을 받은 것과 저축해 둔 돈이 있어, 당분간은 먹고사는 데 지장이 없습니다. 지금은 내 삶, 온전한 삶을 갖게 돼 기쁩니다. 이 기분을 어떻게 말로 표현할지 모르겠습니다. 형이 아니라, 나 자신에게요!

샬롬, 이스라엘 시만."

그가 누구이고, 이 편지가 무엇에 관한 내용인지 생각해 내고, 그 때의 대화를 기억해 내는 데 꽤 시간이 걸렸다. 하지만 몸이 후끈 달아오르는 기분이었다. 이스라엘! 그는 하느님과 씨름했고, 자신의 과거와 운명을 이겨내려 싸웠던 사람이었다. 그의 아버지가 굴욕과 추방의 증거로 취할 수밖에 없었던 이름이었다. 그러나 시만은 미래를 향한 도약의 상징이었다. 마틴은 두 번 죽은 셈이었다. 그러나 시만이 태어났다. 시만이여, 축복이 있으라! 삶은 끝없이 계속되면서, 이처럼 새로운 탄생으로 우리를 놀라게 한다.

곰인형의 진실

그는 키가 컸다. 머리끝이 하얗게 셌고, 얼굴에는 깊은 주름이 있었지만 깔끔하게 차려입은 신사였다. 곰인형을 품에 안고 있어야 할 사람은 아니었다.

그가 안고 있는 것은 거의 누더기로 변한 곰인형이었다. 빼빼 마른 곰이었는데, 단추로 만든 두 눈은 붙어 있었지만 약간 늘어져 온전하지 않았다. 그러나 그는 곰인형을 왼쪽 팔에 꼭 끌어안은 채 나를 마주보고 앉아 있었다. 나는 그가 이야기를 시작하기를 조용히 기다렸다.

처음엔 머뭇거렸지만 마침내 이야기 보따리를 풀기 시작했다. 모든 이야기가 하나같이 독특해서 다음 이야기가 어떻게 전개될지 짐작조차 할 수 없었지만 때로는 일정한 패턴을 드러내기도 했다. 어린 시절의 이야기란 것은 처음부터 분명했다.

대화가 많지는 않았다. 그는 이야기를 하다가 멈추기도 했고 건너뛰기도 했다. 그래서 때로는 내가 질문을 하면서 말을 끊거나, 침묵을 끊으면서 이야기의 앞뒤를 확인하고, 또 궁금한 점을 알아내야 했다.

그는 여기에서 멀지 않은 소도시에서 자랐다. 화기애애한 가족이었지만 항상 이상한 느낌을 떨칠 수 없었다. 대체 어떤 느낌이었기에 이상하다는 것이었을까? 무엇 때문에 그 느낌이 이상하게 느껴졌을까?

누구나 성장하면서 지독한 공포, 으스스한 환상, 견디기 힘든 성적 욕구 등으로 세상에서 혼자 뚝 떨어져 있는 기분에 시달린다. 특히 성적 욕구가 발각되면 엄청난 처벌을 받게 될 거라는 두려움을 느낀 때가 있을 것이다. 그때 종교는 인간에게 정상에서 벗어났다는 죄의식을 심어주고, 그런 죄를 씻어주는 의식과 교리에 순종할 때만 안식과 구원을 얻을 수 있다고 위협했다.

전쟁이 끝난 후의 세계는 이상한 느낌이 넘쳐흘렀다. 많은 사람들이 이상한 느낌에 사로잡혔다. 많은 사람들이 합당하지 않은 이유로, 즉 끈질기게 견디면서 살아남았다는 이유로 부끄러워했다. 반면 마땅히 부끄러워해야 할 사람들은 자신들의 흉악한 행동을 부인했고, 그들이 문명의 규범에서 일탈된 흉포한 짓을 저질렀다는 사실을 부인했다. 그들은 고개를 푹 숙이고 입을 굳게 다물어버렸다. 그런 시대에 무엇이 이상한 것이고, 무엇이 정상적인 것이었을까?

어린아이의 심리적인 안정감은 밤에 가늠된다. 그렇다고 낮에 노는 모습이 중요하지 않다는 것은 아니다. 그러나 계단이 삐걱대는 소리, 옆방에서 들리는 식구들의 목소리, 라디오에서 흘러나오는 음악 소리, 집 밖을 지나가는 기차나 전차의 소리가 포근하게 들려야 어린아이는 두 눈을 감고 모든 것을 내맡긴 채 편안하게 잠들 수 있다. 이런 안정감이 부족하면 침대에 누워서도 쉽게 잠들지 못한다. 눈을 부릅뜨고 구석구석에서 괴물을 찾으려 하며, 숨소리까지 죽이고 귀를 바싹 세운다. 그런 아이들에게는 담요, 엄지손가락, 장난감 등이 유일한 친구이다.

그는 곰인형을 밤의 친구로 선택했다. 그는 곰인형의 이름을 내게 말하지 않았고, 나도 묻지 않았다. 이름은 중요하지 않았다. 그저 곰인형이라 부르면 충분했다. 그의 어머니도 곰인형을 친구로 삼으라고 권했다고 한다. 곰인형이 그를 지켜줄 거라고, 항상 곁에 두라고 말했다. 청소년기로 접어들면서 친구들은 하나씩 곰인형을 멀리하고 밤 시간을 다른 꿈으로 채워가기 시작했지만, 그는 곰인형을 버리지 않았다.

그가 열여섯 살이 됐을 때, 부모님은 그를 입양했다고 말해 주었다. 하지만 "네 부모는 전쟁 통에 돌아가셨다."고만 말해 주었을 뿐,

그 이상을 이야기해 주지 않았다. 그는 시간을 두고 조용히 조사하기 시작했다. 때로는 오랜 침묵이 있었고, 때로는 눈물을 흘리기도 했다. 양부모님과 말다툼을 벌이기도 했다. 그는 양부모님과 언쟁을 벌이고, 그들에게 쏟아냈던 말 때문에 한없이 부끄럽다고 내게 털어놓았다. 그의 양부모님에게는 다른 아이가 있었지만, 그 아이도 전쟁 통에 죽었다는 사실을 알아냈다. 그 아이, 줄리언은 공습에 희생됐다. 때마침 그가 그 부근에 있었다. 양부모님에게는 다른 아이가 필요했고, 그에게는 집이 필요했다. 그후로 그는 엄청난 폭발음과 비명, 집이 불타고 나무가 바지직거리는 소리, 지독한 공포로 점철된 막연하지만 생생한 기억의 연쇄에 빠져들기 시작했고, 그 기억은 좀처럼 지워지지 않았다.

1945년, 유럽에서 전쟁으로 건물을 잃지 않고 사람이 죽지 않은 도시나 마을은 거의 없었다. 어디도 안전하지 않다는 의식이 팽배했다. 폭력적 파괴와 질병으로 사람들은 약해져만 갔다. 죽음은 어디에서나 볼 수 있었고, 누군가 다시는 집으로 돌아오지 못할 거라고 쓰인 짤막한 전보는 멀리에서도 찾아왔다. 그때까지 특정한 나라의 국민이라 생각했던 사람들은 실제로는 그렇지 않다는 사실을 깨달았다. 나라가 그들을 밀어냈지만, 그들은 어떻게든 살아야 했다. 종교와 정치,

언어와 신분증, 심지어 이름까지, 모든 것이 위험했다. 추방과 습격의 빌미가 될 수 있는 골칫거리였다.

어린 소년에게 곰인형은 유일하게 안전한 것이었다. 심지어 어머니는 침대 맡에서 "곰인형을 꼭 안고 있거라. 곰인형이 너를 지켜줄 테니까."라고 말하기도 했다. 그가 나이 든 후에도 어머니는 "곰인형에게 의지하거라. 네가 우리에게 왔을 때도 그 곰인형을 안고 있었단다."라고 말했다. 그때서야 어머니가 곰인형을 잠시도 놓지 않는 그를 나무라지 않은 이유를 알았다. 그의 과거와 이어주는 유일한 끈, 즉 그의 옛 삶에서 남은 유일한 유물에 의지하라고 말했던 것이라 생각했다.

어머니는 마지막 숨을 거둘 때까지 똑같이 말했다. 어머니는 마지막 숨을 거두기 전, 요컨대 의식이 남아 정상적으로 이야기를 할 수 있었던 때도 "그 곰인형…… 잘 돌봐주거라. 그 곰인형이 너를 지켜줄 테니까."라고 말했다. 어머니가 죽어가면서도 그런 유치한 이야기를 꺼내는 이유가 궁금했지만 그는 "알겠습니다, 어머니. 약속할게요."라고 대답했다. 그러자 어머니는 "네 어머니가 너를 데려왔을 때, 그 곰인형을 내게 주면서 너한테 이 이야기를 꼭 전해 주라고 했단다……."라고 덧붙였다.

그럼 지금까지의 모든 이야기가 거짓말이었단 말인가! 하지만 너무 늦은 때였다. 어머니의 눈동자는 마지막을 향하고 있었고, 뇌도 꺼져가고 있었다. 그때서야 어머니는 비밀을 고백했다.

그는 고아가 아니었다! 어머니 — 그는 진실을 알고 나서도 양어머니를 어머니라 불렀다 — 는 그의 친어머니를 알고 있었다. 그럼 그의 진짜 이름도 알고 있을 가능성이 컸다. 그에게 말해 준 것보다 더 많은 것을 알고 있을 가능성이 컸다. 그는 다급하게 물었지만 어머니는 듣지 못했다. 아니, 듣고 싶어 하지 않았다.

너무 늦기는 했지만 그는 온갖 수단을 동원해 자신의 과거를 추적하기 시작했다. 어머니가 남긴 것을 샅샅이 뒤졌다. 종잇조각 하나까지 놓치지 않았다. 하지만 아무것도 알아낼 수 없었다. 그의 추적은 집착으로 변해 갔다. 당시 그는 거의 60세였고 자식들도 성장한 터였다. 다행히 아내와 자식들은 그의 마음을 이해했다. 그는 더 많은 것을 알고 싶었다. 곰인형은 그의 과거를 밝혀줄 유일한 단서였다.

어느 날, 기막힌 영감이 떠올랐다. 출장 중에 그는 장난감 박물관을 보았다. 내친 김에 박물관을 둘러봤고, 곰인형에 대한 책들을 보게 됐다. 인형들의 역사를 다루는 전문가와 감정사가 있다는 것도 알게 됐다. 그후 그는 전문가를 찾아냈고, 그의 곰인형을 보여주었다. 그때 그는 어린아이를 의사에게 데려가는 심정이었다고 말했다. 전문가는 그의 곰인형을 꼼꼼하게 살펴보았다. 이리저리 뒤집어보며 제조회사까지 조사했다. 상표를 찾아보았지만 상표는 달려 있지 않다. 전문가는 그 곰인형은 1930년대 말에 유럽에서 건너온 평범한 곰인형이라는 판정을 내렸다. 그리고 못내 아쉬워하면서, 경매에 관련된 질문을 자주 받지만 그 곰인형은 실로 꿰맨 흔적 때문에 경매에 내놓을 만한 물건은 아니라고 말했다.

　내 앞의 사내는 그때까지는 그걸 눈여겨보지도 않았었다고 말했다. 그 곰인형을 오랫동안 자기 몸처럼 여겼던 까닭에, 목에 있는 접힌 흔적을 당연하게 여겼던 것이다. 그러나 전문가는 그 흔적은 찢어진 곳을 세심하게 다시 바느질한 것이라고 말했다.

　그의 부탁으로 전문가는 접힌 흔적을 조심스레 잘라냈다. 곰인형은 조잡한 솜뭉치로 채워져 있었다. 그런데 종이 한 장이 꾸깃꾸깃 끼워져 있는 것이 보였다. 전문가가 놀란 표정으로 지켜보는 가운데, 그는 그 종이를 꺼내 펴보았다. 작은 황금별이 탁자 위로 떨어졌다. 얇은 황금 줄에 매달린 작은 다윗의 별이었다. 그리고 종이에는 한 단어가 쓰여 있었다. 그의 눈에는 한 단어로 보였다. 처음 보는 문자로 쓰인 단어였다.

　그 글자 때문에 그가 나를 찾아온 것이었다. 그때서야 나는 그가 그처럼 긴 이야기를 한 이유를 짐작할 수 있었다. 그는 지갑에서 노란 종이를 조심스레 꺼내 내 책상에 올려놓았다. 지갑 안에서 눌려 있었지만 종이 모서리는 여전히 동그랗게 말려 올라갔다. 나는 종이

의 양쪽에 손가락을 살짝 올려놓고 그 글자를 살펴보았다.

'헤트-요드-요드-멤'

네 문자가 필기체로 쓰여 있었다. 유대인들이 인쇄본에서는 사용하지 않고 글을 쓸 때 사용하던 글자체였다. 내가 그에게 말했다.

"이건 이름입니다. 히브리 이름으로, 하임이라 읽고 '생명'이란 뜻입니다."

우리는 종이를 쳐다보며 말없이 앉아 있었다. 누가 언제, 어떤 상황에서 그 이름을 썼을까? 누가 곰인형을 찢어 그 종잇조각과 다윗의 별을 넣었을까? 거의 60년이 지난 후에야 드러난 비밀스런 메시지를 전해 준 이유는 무엇일까? 나와 마찬가지로 그 역시 똑같은 생각을 했을 것이다.

"당신 이름입니다."

내가 침묵을 깨며 이렇게 말했지만 곧 후회하고 말았다. 너무 바보 같은 말이 아닌가. 그도 바보가 아닐진대 자기 이름이라고 충분히 짐작했을 것이다. 그래서 나는 그 멍청한 말을 얼버무리려고 덧붙여 말했다.

"그분이 당신에게 생명을 주었습니다."

그가 혼잣말처럼 중얼거렸다.

"그분이 내게 생명을 주셨군요……. 그분이 내게 생명을 다시 주었고, 새 이름까지 주셨군요……."

그의 눈에 눈물이 맺혔다. 내 눈도 축축해지는 것 같았다.

"그분이 나를 지켜줄 곰인형을 주셨군요. 그랬습니다. 곰인형은 평생 나를 지켜주었습니다, 랍비님. 이제 곰인형이 내게 생명을 다시 주고, 내 이름까지 주었군요. 내 이름까지……."

그의 지갑에는 또 하나의 봉투가 있었다. 그는 봉투에서 황금줄이 걸린 조그만 황금별을 꺼냈다. 다윗의 별이었다. 상징물로, 유대인에게, 심지어 유대인에게 적대적인 사람에게도 부적으로 흔히 사용되는 다윗의 별이었다.

나는 그 별에 대해서는 말하지 않았다. 그도 많은 것을 묻지 않았다. 우리 둘 모두 그 역사에 대해서는 웬만큼 알고 있었다. 그는 다윗의 별과 노란 종이를 지갑에 조심스레 다시 넣었다. 그리고 곰인형을 집어 들었다. 머리가 한쪽으로 축 늘어져 새로 꿰맨 자국이 드러났다. 그는 내게 고맙다고 말하고는 사무실을 나갔다. '하임'은 내 사무실을 떠났다. 곰인형과 함께. 또 간직해야 할 많을 것을 안고.

그는 다시 돌아오지 않았다. 그러나 나는 걱정하지 않았다. 곰인형이 그를 지켜주고 있을 테니까. 단추 눈으로 세상을 지켜보면서!

국유치 우편

우체국 고객 서비스부

관리자 귀중

안녕하십니까.

부탁 하나를 하려고 이 편지를 씁니다. 어이없게 생각하시겠지만 저에게는 심각하고 촌각을 다투는 문제입니다. 오늘 아침 저는 같은 회당을 다니는 S. 이삭손이란 노인을 만났습니다. 그는 무척 당황하고 걱정에 사로잡힌 표정이었습니다. 그분은 워즈워스 가에 있는 우체국이 4월 말부터 폐쇄된다는 이야기를 들은 모양입니다.

그분은 그 우체국에 사서함을 갖고 있습니다. 1939년 2월부터 그 사서함을 유지해 왔다고 하더군요. 그런데 그 우체국이 폐쇄되면 사서함 번호와 주소가 변경될까 걱정하는 겁니다.

우체국의 폐쇄와 같은 변화가 노인들에게는 언제나 근심거리라는 사실을 여러분도 충분히 짐작할 수 있으리라 생각합니다. 하지만 그분은 우체국의 폐쇄에 따른 대부분의 변화는 그런대로 대처할 수 있다고 내게 말했습니다. 예컨대 마켓 스퀘어에 있는 우체국 본부에서 연금을 수령하는 일은 큰 문제가 아니라는 겁니다. 그러나 노인이 제게 해준 이야기를 듣고는 복잡한 문제가 있다는 걸 알게 됐습니다.

그분은 1939년 초에 영국에 들어왔습니다. 그분의 부모가 독일 북부에 있는 작은 도시에서 그분을 먼저 보냈고, 주변을 정리한 후에 그분의 두 여동생을 데리고 뒤따라 영국으로 이주할 계획이었습니다. 그분은 부모에게 정기적으로 편지를 썼고, 이주에 필요한 양식과 정보를 보냈습니다. 당시 그분은 복지시설에 기거했기 때문에 사서함을 개설해, 답장을 사서함으로 받았습니다.

그런데 언젠가부터 답장이 끊어졌습니다. 내 생각에는 그분의 가족이 강제수용소로 끌려가 죽임을 당한 것 같기는 합니다. 벌써 수십 년 전의 일입니다. 그분이 가족에게서 마지막 편지를 받은 후로도 워즈워스 가 우체국의 사서함은 계속 유지됐습니다. 그분과 가족을 이어주는 유일한 통로였으니까요. 물론 분별없는 생각이란 걸 저도 인정하지만, 그분은 언젠가는 가족이 그 주소로 편지를 보낼 거라는 희망을 버리지 않고 있습니다. 그래서 지금도 매일 우체국에 들러 사서함을 살펴봅니다.

그분의 마음이라도 편하게 해주고 싶어 제가 이렇게 편지를 쓰는 겁니다. 워즈워스 우체국으로 보내지는 모든 우편물은 자동으로 마켓 스퀘어의 우체국 본부로 옮겨진다는 공식적인 편지를 저에게 보내주시면 정말 고맙겠습니다. 또 여러분이 이삭손 씨의 이름으로 개설된 사서함 103번을 어떤 식으로든 관리하고, 혹시 그러지 않더라도 워즈워스 우체국에서 전달된 모든 우편물을 '국유치 우편'으로 분류해 보관해 준다면 감사하겠습니다.

물론 우리끼리의 말이지만, 저도 어떤 우편물이 그분에게 올지는 의문입니다. 하지만 그분은 틀림없이 매일 우체국에 들러 우편물이 왔는지 확인하고 싶어 하실 겁니다. 가능하다면 그렇게라도 그분에게 위안을 주고 싶습니다.

여러분이 공식적인 편지를 보내주시면, 저는 그 편지를 그분에게 보여줘 과거와의 유일한 끈이 끊어질까 걱정하는 마음을 조금이라고 달래주려 합니다. 저는 여러분이 도움을 줄 수 있으리라 굳게 믿습니다.

감사합니다.

다음에는 누가 문을 열고 들어올지 모른다. 다음

질문이 뭐고, 다음에 닥칠 문제와 과제가 무엇일지

우리는 모른다. 그러나 이런 불확실성 때문에 랍비

의 역할이 한층 흥미롭다.

6.
놀라움

악마에게 영혼을 판 무기수

그는 서글서글한 남자로, 윈드
비치에 있는 교도소에서 일하는 가톨릭 신부였다. 드물기는 했지만
내가 '유대인 죄수'를 면담하려고 교도소에 갈 때면 언제나 흔쾌히
그의 사무실을 사용하게 해주었다. 물론 내가 가져가는 유월절 음식
들 대부분이 유리병과 통조림에 들어 있으며 꼼꼼하게 명부에 작성
되고 엑스레이 검열장치를 통과해서 죄수에게 전달되지만, 결국에
는 담배나 그보다 더 나쁜 것과 교환된다는 것을 모르지는 않았다.
그러나 죄수들도 유월절 축일을 즐길 자격이 있었다. 그래서 내무부
는 일정한 음식물의 반입을 허용했다.

나는 교도소에 갈 때마다 식품점에 들러 목록에 쓰인 물건들을 사

고, 윈드비치까지 이어진 자동차 전용도로를 달렸다. 교도소에 도착해서 서류를 작성하고 반입물을 확인받아 교도관에게 건네면, 그 교도관은 '맞은편'으로 반입물을 넘기면서 담배나 라디오, 전화카드 등과 같은 금지된 품목이 있는지 철저히 확인했다. 그후에야 나는 '좁은문'을 통과했고, 푸른 스웨터를 입은 교도관이 내 앞을 가로막은 철문을 열어주었다. 그리고 내가 통과하면 다시 잠근 후에 맞은편의 철문을 열어주었다. 그 철문을 통과하면 그곳의 교도관이 철문을 잠갔고, 내 앞을 가로막은 철문을 열어주었다. 이런 복도를 지날 때마다 나는 미쳐버릴 것만 같았다.

여하튼 복잡한 과정을 거치고 나서야 나는 어떤 방에 도착하고, 그 방에 앉아 불쌍한 죄수와 마주 앉는다. 내가 만나는 대부분의 사람들은 주유소에서 금전등록기를 만지작대거나, 수표를 위조해서 체포된 운 없는 사람들이다. 물론 넷 중 셋은 범죄를 저지르지 않았다고 부인했다. 다른 녀석이 저지른 것을 자기가 뒤집어썼다고 부득부득 우겼다. 이런 면회 시간이 그들에게는 솔직한 심정을 털어놓고, 자신이 저지른 죄를 되돌아보며 개과천선하기 위해 노력해야 할 기회이고 시간이지만, 대부분의 경우 그들은 범죄 사실을 부인하면서 시간을 보냈다.

내가 다녀본 대부분의 교도소, 심지어 다른 나라에도 마약을 밀거래한 죄로 수감된 이스라엘 사람이 적어도 한 명은 있는 듯했다. 그래서 이스라엘 첩보본부가 세계의 모든 교도소에 첩보요원을 한 사람씩 파견한 게 아닌가 싶을 정도였다.

　잠깐 이야기가 딴 데로 흘렀다. 다시 본론으로 돌아가자. 나는 죄수들을 윈드비치 교도소 C동 3층에 있는 교회사 센터에서 만났다. 그곳엔 세 개의 방이 있는데 하나는 사무실이고, 다른 하나는 대기실이다. 많은 죄수가 다시 범죄를 저지르고 교도소로 돌아오긴 하지만, 바깥세상에 나가서 새로운 삶을 살려는 죄수들에게 어떤 재활 프로그램을 제공하는지 안내하는 팸플릿들로 가득했다. 마지막 하나는 개별적인 면담을 위한 공간이었다. 나무 탁자와 나무 의자들이 있을 뿐, 숨을 곳은 없었다. 또 출입문에는 감시를 위한 창문 하나가 있었다. 내가 그 방에서 면회를 신청한 죄수를 기다리는 동안, 샌디 신부는 분주하게 일하는 중에도 내게 차 한 잔을 갖다주었다. 내가 면회를 신청한 죄수는 시간에 맞춰 일터에서 빠져나와, 어딘가에 대기하고 있었다.

　면회를 갈 때마다 나는 습관처럼 초콜릿바 2개를 준비했다. 담배를 가져간 적은 한 번도 없었다. 교도관들은 내 주머니에 있는 초콜릿바에는 신경조차 쓰지 않는 듯했다. 언젠가 유난히 엄격한 교도관이 시비를 걸었지만, 면회를 하는 동안 배가 고플 때 내가 먹을 거라고 말했다. 물론 그는 내 말을 믿지 않았다. 하지만 나는 랍비이지, 친척이나 공범자가 아니잖은가! 그래서 그는 미심쩍어하면서도 통과시켜주었다. 교도소 안에서 초콜릿은 고액권이나 마찬가지였다. 너무 비싼 값이어서 웬만한 죄수는 먹을 생각조차 못 했다. 나는 그런 비밀을 한참 후에야 알았다.

면회가 끝나면, 샌디 신부와 함께 가벼운 이야기를 나누며 차를 마시기도 했다. 샌디 신부는 교도소 안의 모든 걸 보고 듣는 까닭에 많은 이야기를 알았다. 머리털이 곤두서는 이야기도 간혹 있었지만 대부분이 가슴 아픈 이야기였다. 샌디 신부는 유머 감각도 뛰어났다. 그런 곳에서 일하니, 유머 감각이 필요하기는 했을 것이다. 때로는 그의 이야기를 심각하게 받아들여야 하는 건지 헷갈릴 때가 있기도 했다. 그러나 정말 충격을 준 이야기 하나가 있었다.

샌디 신부가 다른 교도소에서 일할 때 겪은 사건이었다. 그가 처음 부임한 교도소였다. 남쪽의 항구 도시에 있는 교도소로 흉악범이 많았다.

"건물도 지독히 낡은 교도소였습니다. 변소가 수세식이 아니어서 악취가 진동했고, 밤에는 곳곳에서 비명소리가 들렸습니다. 솔직히 말해서, 내가 하느님의 일을 시작했던 때에 비하면 지금 이 교도소는 호화 호텔입니다."

내게는 오싹한 이야기처럼 들렸지만 그를 믿을 수밖에 없었다.

"사실 그 교도소에서는 반 년밖에 있지 않았습니다. 주교님이 곧바로 나를 다른 곳으로 옮겨주었으니까요. 여하튼 신학교를 갓 졸업해, 모든 면에서 미숙하기 이를 데 없었지요. 지난날을 돌아보면, 내가 저지른 실수에 얼굴을 들지 못할 지경입니다."

나는 그 기분을 알 것 같아, 비스킷을 집어 들며 충분히 공감한다

고 말했다.

"마지막 주였을 겁니다. 한 죄수가 예배실로 고해성사를 하러 왔습니다. 사실 뭔가를 새로 시작하기엔 좀 늦은 때였습니다. 다음주면 그곳을 떠나야 했으니까요. 그래도 몇 개월 동안 온갖 이야기를 들었던 터였지요. 다른 죄수의 물건을 훔친 일, 자위를 비롯해 잡다한 성적 행위까지. 추잡해서, 정말 추잡해서 입에 올리는 것조차 민망한 행위도 있었습니다……."

그는 말을 멈추고 벽을 물끄러미 쳐다보았다.

"내가 신부인 게, 그래서 독신 서약을 한 게 정말 다행이란 생각이 들 때도 있었습니다. 신실한 가톨릭 신자도 나쁜 짓을 할 수 있으니까요."

"유대인도 마찬가집니다."

"여하튼 그 죄수의 경우는 달랐습니다. 목소리가 꽤 늙은 사람인 것 같더군요. 나는 창살 틈으로 살짝 훔쳐보았습니다. 얼굴이 무척 창백했고, 상당히 늙어 보였습니다. 목소리에도 힘이 없었고요. 하지만 발음은 분명했습니다. 그는 하고 싶은 말이 많다고 했습니다. 또 오랜 시간을 기다렸다고도 했습니다. 그래서 내가 마지막 고해성사를 한 지 얼마나 됐냐고 물었습니다. 그는 너무 오래돼 기억조차 할 수 없다고 했습니다."

샌디 신부는 다시 말을 멈추었다. 그의 목소리는 상당히 굵었다. 그와 자주 이야기를 나누지는 않았지만 듣고 있으면 기분이 좋아지는 그런 목소리였다. 한참 후에야 그가 다시 입을 열었다.

"이상했습니다. 그때 나는 햇병아리 신부였지만, 그가 큰 잘못을 저질렀다는 생각이 들었습니다. 그는 악마에게 영혼을 팔았다고 말하더군요. 오래전, 까마득히 오래전이어서 얼마나 오래됐는지 기억조차 나지 않는다고 말했습니다. 대신 악마는 그에게 200년의 수명을 약속했다고 하더군요. 나는 그 말을 듣고 웃음을 참느라 혀를 깨물어야 했지요. 200년!

그래서 그에게 더 많은 이야기를 끌어내려고 목소리를 차분하게 가라앉히고, 나를 찾아온 이유가 뭐냐고 물었지요. 설마 나를 놀리려고 온 건 아닐 테니, 가슴에 담아둔 이야기를 해보라고 했습니다. 그럼 우리가 문제의 본질을 파악할 수 있을 거라고 말입니다. 그러자 그가 본격적으로 이야기를 시작했습니다.

그는 방탕하게 살았다고 합니다. 많은 탕녀와 놀아났다고 했습니다. 힘이 넘칠 나이였으니까요. 탕녀란 단어가 생소하게 들리긴 할 겁니다. 여하튼 그는 옛날에나 사용하던 단어를 주로 썼습니다. 그 후엔 살인까지 저질렀다고 하더군요. 어떤 여자의 남편을 죽였다고 했어요. 그는 달아났지만 붙잡히고 말았습니다. 그는 살인을 하지 않았다고 부인했지만, 바지에 묻은 피가 증거가 되어 꼼짝없이 경찰

유치장에 갇혔습니다. 어떤 면에서는 유치장에 갇힌 게 나았습니다. 그가 살인을 했기 때문에 자칫하면 동네 사람들에게 집단 구타를 당할 수도 있었으니까요. 이튿날 그는 순회 재판소에 회부돼 교수형을 선고받았습니다.

그런데 그는 아주 오래전에 있었던 일이라고 분명히 말했습니다. 그가 무척 늙어 보여, 그 말이 맞겠다는 생각이 얼핏 들기는 했습니다. 그런데 사형선고를 받았다고 하지 않았습니까? 하지만 그는 멀쩡히 살아 있었습니다! 그래서 '그후에 어떤 일이 있었습니까?'라고 물었습니다.

'물론 나는 교수형을 당했습니다.'라고 말했습니다. 내 귀로 똑똑히 그렇게 들었습니다. 그런데 그가 다시 말했습니다.

'하지만 그들은 나를 죽일 수 없었습니다. 물론 나는 그들에게 내 계약에 대해 말하지 않았습니다. 그래서 그들은 이튿날 다시 나를 교수형에 처했습니다. 역시 나는 죽지 않았습니다. 분명히 목을 매달았지만 나는 죽지 않았습니다. 결국 그들은 나를 포기하고 말았습니다. 교수형을 두 번 시도해서도 실패하면 종신형으로 감면한다는

불문율이 있었던 모양입니다.'

　나는 그 자리에 얼어붙은 듯이 앉아 그에게 뭐라고 말해 줘야 할지 생각했습니다. 신학교에서 배운 것은 아무런 소용이 없었습니다. 그래서 나는 더 묻기로 했습니다. 그는 200년을 거의 채웠고, 그래서 고해성사를 하고 싶다는 것이었습니다. 죽기 전에 영혼을 깨끗이 씻어내고 싶다고요. 죄를 많이 지어 씻어낼 것도 많다고요.

　주교님이라면 고해성사 자체를 허락하지 않을 거라는 생각이 들더군요. 하지만 나는 그에게, 정말로 교도소에서 200년가량을 지냈다면 그가 범한 죄를 영혼에서 이미 씻어냈을 거라고 말했습니다. 또 악마와의 계약도 그쯤이면 끝났을 거라고 덧붙였습니다. 그리고 성모 마리아에게 바치는 기도로 그를 축복해 주었습니다. 유대교에는 그런 게 없지요?"

　나는 순순히 인정했다.

　"예, 없습니다. 그렇게 간단하지는 않습니다."

　"그런 면에서 가톨릭은 간단하고 효과적이지요. 잘못을 범한 사람에게 무슨 뜻인지도 모르는 스무 문장을 따라 읽게 하면, 하룻밤 새 좋은 사람으로 변하게 해주니까요. 그게 지금까지 교황청을 지탱해 준 비밀입니다. 여하튼 그는 고맙다면서 여생을 기도하는 데 전념하겠다고 약속했습니다. 그는 아마 약속을 지켰을 겁니다. 그는 고백실을 떠났고, 그날 내게 고해성사를 한 마지막 사람이었습니다.

　나는 이틀 후에 짐을 싸서 그곳을 떠날 예정이었습니다. 그런데 문득 이상한 생각이 들었습니다. 그가 말한 내용은 사실이 아니라, 오랫동안 교도소에 갇혀 지내 현실 감각을 잃어버린 것이라는 생각이 들었습니다. 그런 경우가 드물지는 않으니까요. 하지만 그의 목소리가…… 물론 나는 그의 이름도 몰랐습니다. 고해성사는 신성하고 익명으로 이루어지니까요. 나는 교도관에게 오래전부터 그곳에 갇혀 있는 죄수 중에 가톨릭 신자가 있느냐고 물었습니다. 누구이고 얼마나 되느냐고도 물었습니다. 그는 조사해서 알려주겠다고 했습니다."

샌디 신부는 차로 목을 축이고 계속 말했다.

"이틀 후에 그가 내게 전화를 걸었습니다. 떠날 준비를 끝내고, 작별 인사를 하려고 교회사실에 들렀을 때 전화벨이 울렸습니다. 그가 '신부님, 종신형을 받은 죄수에 대해 알아봐달라고 하셨지요?'라고 말했습니다. 기차 시간이 한 시간밖에 남지 않았지만, 나는 그렇다고 대답했습니다. 그러자 교도관은 '정말 재밌습니다. 가톨릭 신자는 5명밖에 되지 않습니다. 그 중 네 명은 5년 내에 들어온 죄수들입니다. 그런데 마지막 사람은 글쎄……' 나는 기차역까지 갈 시간을 걱정하면서도 '계속 해봐요!'라고 소리쳤습니다. '글쎄, 그 친구의 파일은 엄청나게 두툼합니다. 살인죄로 종신형을 받았고, 감형도 허용되지 않습니다. 그런데 너무 이상합니다. 그래서 세 번이나 확인했지만 이해가 되지 않습니다. 그 죄수는 1820년부터 여기에 수감된 걸로 돼 있습니다!'"

샌디 신부는 나를 물끄러미 쳐다보았다. 나도 그를 쳐다보며, 비스킷 하나를 더 집어 들었다. 가운데 잼이 들어간 동그란 비스킷이었다. 그가 농담을 한 걸까? 그런 것 같지는 않았다.

"무척 흥미롭군요."

그러자 샌디 신부가 기다렸다는 듯 말했다.

"그렇죠? 당신도 그렇게 말할 수밖에 없을 겁니다. 그가 거래를 제대로 못한 거지요. 가시기 전에 차 한 잔 더 하시겠습니까?"

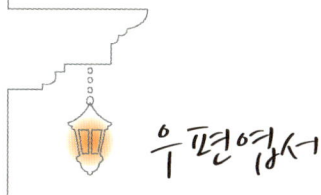

다음에는 누가 문을 열고 들
어올지 모른다. 내 스승 중 한 분이 내게 그렇게 가르쳐주셨다. 그분
의 말씀이 옳았다. 다음 질문이 뭐고, 다음에 닥칠 문제와 과제가 무
엇일지 우리는 모른다. 그러나 이런 불확실성 때문에 랍비의 역할이
한층 흥미롭다.

누구나 자기 나름의 고민거리와 문제를 들고 랍비를 찾아온다. 참
으로 모두가 제각각이다. 그래서 그들에 도움을 주려 할 때마다 커
다란 벽을 맞닥뜨리는 기분이다. 하지만 유대교의 전통을 대표하는
랍비로서, 가능하면 그들에게 도움을 주려 한다.

랍비는 하루의 절반 이상 상담자 역할을 하면서 사람들에게 어깨를 내주어 편히 기댈 수 있도록 해야 하고, 때로는 관료적 절차를 친절하게 설명해 줘야 한다. 심지어 은행 역할도 해야 한다. 의사들도 환자를 치료하는 것보다 환자를 안심시키고 진정시키는 데 더 많은 시간을 보내지 않는가. 그들은 빨간 시럽이나 하얀 알약이 약학적으로 아직 이루어내지 못한 어떤 기적을 일어나게 할 것이라며 환자에게 희망을 갖도록 한다. 랍비도 크게 다르지 않다. 모세가 실제로 무슨 말을 했고, 5세기에 이라크의 어떤 마을 랍비가 모세의 말을 어떻게 생각했으며, 또 20세기 학자가 모세의 말에 대한 프랑스 주석가의 평가를 어떻게 생각했는지 아는 것이 중요할까? 아니면, 상담을 신청한 사람이 알코올 문제, 아버지의 학대나 남편의 폭력, 자식과의 갈등, 부모님을 위한 양로원 선정 등과 같은 문제로 고민할 때 인내하면서 그의 말을 들어주며, 적절한 말로 위로해 주는 것이 중요할까? 솔직히 말해서, 내 하루 일과는 옛 문헌보다 이런 문제들로 숨 쉴 틈 없이 돌아간다.

그런 것이 '실제의 삶'이고, 우리 모두는 실제의 삶에서 벗어나 존재할 수 없다. 적어도 내 생각은 그렇다. 하지만 실제의 삶이 도대체 무엇일까?

한 남자가 내 사무실로 찾아왔다(나는 사무실을 '서재'라 부르고 싶지만 모든 신도가 '랍비의 사무실'이라 부른다. 따라서 내가 양보하는 편이 나을 듯하다. 게다가 나는 거기에서 책 읽을 틈도 거의 없으니까). 대부분의 사람이 그렇듯, 그도 불안하고 불편한 표정이었다. 하기야 랍비를 자발적으로 찾아와 속내를 털어놓는 사람은 거의 없다. 그런 사람들은 랍비가 조심해서 다루어야 할 사람들이기도 하다. 정신적으로 의지하려는 사람이거나 강박관념에 사로잡힌 사람이며, 반대로 광신적이거나 확신에 찬 사람이기 때문이다. 여하튼 상담자가 찾아오면 차를 권하고 가벼운 이야기를 주고받으면서 긴장을 풀어준 후에야 진짜 문제에 접근한다. 물론, 문제는 시간이다. 게다가 전화벨도 끊임없이 울린다. 그러나 그런 일을 하자고 랍비가 있는 게 아니겠는가.

나는 그에 대해 조금은 알았다. 예배에 충실히 참석하는 사람도 아니었고, 등록된 회원도 아니었다. 남쪽 어딘가의 출신이었다. 내가 그의 아버지 장례식을 그 부근에서 집전했었다. 한 달쯤 전이었다. 어쩌면 더 됐을지도 모르지만.

홀로코스트의 생존자였던 그의 아버지는 유대인을 위한 양로원에서 말년을 보냈다. 적어도 그 노인의 몸은 양로원에 있었다. 나는 양로원을 거의 의무적으로 방문한다. 사실 내 일과의 일부이기도 하다. 그런데 양로원을 방문할 때마다, 대부분의 노인이 다른 지역 출신이란 사실을 점점 확신하게 됐다. 어딘지는 몰라도 다른 지역에서 온 노인들인 것은 분명했다. 그들은 침을 질질 흘리면서 어딘가를 우두커니 바라보았다.

내가 그곳을 두 번째인가 세 번째 찾아갔을 때 간호사에게 들은 충고를 결코 잊을 수 없다. 내가 새로 부임한 랍비라고 하자, 그 간

호사는 나를 간호사실로 데려가
차를 내주었다. 내가 "아무개
부인이 어려운 것 같더군요. 혼
자서 계속 중얼거리고 있습니
다."라고 말하자, 간호사는 "그 부인이 혼자서 중얼거린다고 생각하
시는 근거가 뭔가요? 그 부인이 이야기하는 상대를 랍비님이 보지
못했기 때문인가요? 그럼 랍비님은 전화 통화 중일 때의 본인이 어
떻게 보인다고 생각하세요?" 하고 나무라듯 말했다. 간호사의 지적
이 옳았다. 내가 휴대전화로 누군가와 대화하고 있는 모습도 어떤
사람에게는 미친 사람으로 보였을 것이다. 그러니까 아무개 부인도
전화요금을 머릿속으로 계산하고 있었을 수도……

여하튼 장례식은 무사히 치러졌다. 나는 장례식을 치르기 전에 그
의 아들과 전화로 짧게나마 이야기를 나누었다. 앞에서 말한 대로
그는 남쪽 지역에서 살았다. 나는 고인을 기리는 글을 쓰기 위해 몇
가지를 묻고 기록했다. 그리고 공동묘지로 출발하기 직전에 주차장
에서 그를 잠깐 보았을 뿐이었다. 장례식에 참석한 사람은 노인의
옛 친구들과 아들이 전부였다. 일사천리로 진행된 장례식이었다. 그
때문인지 그의 이름이 생각나지 않았다. 나는 그의 이름을 생각해
내려 기억을 더듬었다. 다행히 그가 그 곤혹스런 상황에서 나를 구
해 주었다.

"랍비님, 질문이 있습니다. 혹시 이디시 어(중부 및 동부 유럽 출신 유대

인이 사용하는 언어)를 아십니까?"

뜻밖의 질문이었다.

"조금은 압니다. 띄엄띄엄 읽는 수준이지 잘 알지는 못합니다. 그런데 왜?"

"요즘에 아버지의 물건을 정리하고 있습니다."

나는 고개를 끄덕였다. 유품 정리는 언제나 힘든 일이었다. 기증할 것과 버릴 것을 결정하기가 쉽지는 않았다. 또 무엇을 무슨 이유로 간직하고, 더구나 누가 무엇을 가질 것이냐를 결정하는 것은 생각만 해도 머리가 지끈거리는 문제였다.

"우편엽서가 꽤 있었습니다. 랍비님이라면 읽을 수 있겠다고 생각했습니다. 아버지께서 무척 소중하게 보관했던 걸로 생각이 들거든요. 그래서 가져왔습니다."

그는 가방을 열고, 우편엽서들을 꺼냈다. 열 장씩 묶어놓은 듯했다. 그는 우편엽서들을 내 책상에 가지런히 내려놓고, 두 더미를 내쪽으로 살그머니 밀었다. 나는 한 묶음을 집어 들고 대강 훑어보았다. 그 순간, 등골이 싸늘해지는 기분이었다. 나는 엽서 하나를 보여주며 그에게 물었다.

"이게 뭔지 아십니까?"

"알 것 같습니다. 아니, 알 것 같기도 하지만 확신이 없습니다. 이런 식으로 말해서 죄송합니다. 그래서 랍비님을 뵈러 온 겁니다."

나는 엽서를 다시 보았다. 때때로 신도들이 유품을 정리하다가 찾아낸 물건을 내게 갖고 오는 경우가 있다. 그들은 "유대인들이 옛날에 이런 물건을 사용했던 모양이지."라고 생각하며, 내게 확인받고 싶어 했다. 한 노파가 죽었을 때는 조카들이 미국에서부터 날아와 내게 독일제국의 독수리 문장과 나치의 문장, 그리고 대문자로 J가 찍힌 낡은 여권을 가져왔다. 겉표지 뒤에 낙서가 된 낡은 기도책을 가져온 사람도 있었다. 언젠가는 더러운 옷을 가져온 사람도 있었다. 옷장 밑에서 발견한 거라며 둘둘 말린 옷을 가져왔다. 옷을 펴보자, 노란 별이 꿰매진 낡고 조잡한 줄무늬 재킷이었다……. 앞에서도 말했지만, 다음에 어떤 사람이 무엇을 들고 와서 물을지는 아무도 모른다.

여하튼 오래된 엽서였다. 누렇게 바랜 엽서였다. 주소와 날짜는 로마자로 반듯하게 쓰여 있었다. 내가 이디시 어를 잘 모르기는 하지만, 필체나 인쇄가 뚜렷하면 사전을 뒤적거리고 짧은 독일어 실력을 발휘해서 그런대로 읽어낼 수 있었다. 그러나 이 엽서는 연필로 쓰여 있어 글씨가 흐릿했다. 그래도 어디에서 언제 보낸 엽서인지는 금방 읽어낼 수 있었다.

"1942년 5월 14일, 라트비아의 리가에서…… 모모에게?"

"예, 맞습니다. 아버지의 별명이었습니다. 젊었을 때요. 아버지가 언젠가 그렇게 말씀하신 적이 있습니다. 참, 랍비님에게 먼저 이 이야기를 해드려야겠군요. 진작 말씀드렸어야 했는데.

장례식 전에, 아버지가 결혼을 했지만 홀로코스트에서 아내, 그러니까 제 친어머니를 잃었다는 이야기는 했을 겁니다. 저는 어려서 목숨을 부지했고, 전쟁이 끝난 후에 영국으로 보내졌습니다. 그래서 어머니에 대한 기억이 하나도 없습니다.

저는 이곳에서 수양가족의 밑에서 컸습니다. 그들이 지금도 내게는 실질적인 가족이고, 내 어머니이고 아버지입니다. 나중에야 알았지만, 친아버지는 폴란드 우지(폴란드 중부에 있는 우츠키에 주의 주도)의 유대인 거주 지역에서 살고 있었습니다. 제가 찾아낸 서류에 보면, 전쟁이 끝난 후로 1949년경이었습니다. 그런 서류가 잔뜩 있습니다. 여하튼 그후 친아버지도 영국으로 건너왔고, 적십자에서 저를 추적해 찾아내 우리는 다시 만나게 됐습니다. 하지만 저는 지금의 가족 곁을 떠나고 싶지 않았습니다. 왜 그랬는지는 랍비님에게도 말씀드리기 힘듭니다. 지금 당장은……."

그는 말을 멈추었다. 얼굴이 빨갛게 달아올랐고 눈가가 축축해졌다. 나는 묵묵히 기다렸다. 서두르고 재촉한다고 해결될 문제는 아니었다. 그가 눈물을 삼키고 감정을 억누르며 다시 이야기를 시작했다.

"길포드에 내 아버지와 어머니가 있었습니다. 제가 아빠, 엄마라고 부르는 부모가요. 그런데 갑자기 또 아버지가 생긴 겁니다. 폴란드 어와 이디시 어를 쓰는 외국인이 내 아버지라는 겁니다. 그때 내 나이가 아홉 살, 아니 열 살이었을 겁니다. 저는 그 남자를 몰랐습니다. 기억나지도 않았습니다. 그도 저를 알아보지 못했습니다. 그때 저는 악을 쓰며 울었던 것 같습니다. 제가 그렇게 울자, 난감해 하던 그분의 얼굴이 지금도 기억납니다. 생생하게!

　무엇이 어떻게 합의됐는지는 모르겠습니다. 그때 나는 어린애에 불과했으니까요. 여하튼 그분은 떠났고, 그후로 제가 열여덟 살이 될 때까지 그분의 소식을 듣지 못했습니다. 그런데 그해 생일날, 어머니와 아버지가 제게 작은 꾸러미 하나를 주었습니다. 꽤 많은 편지였습니다. 그게 '합의'였습니다. 아버지와 어머니가 그 합의를 어떻게 생각했고, 어떻게 대처했는지는 모르겠지만, 생부가 어딘가에 살아 있고 제게 편지를 보낸다는 건 알고 있었습니다. 그 편지들을 제가 열여덟 살이 될 때 준다는 게 합의였습니다.

　저는 그 편지들을 읽었습니다. 처음에는 쳐다보고 싶지도 않았지만, 일단 읽기 시작하자 멈출 수가 없었습니다. 어머니와 아버지는 제 생일 파티를 준비하고, 몇몇 친구까지 초대했습니다. 하지만 저는 방에서 내려가고 싶지 않았습니다. 작은 책상에 앉아서, 또 침대에 누워서 그 편지들을 하나씩 읽었습니다. 제 친아버지가 수년에 걸쳐 쓴 편지였습니다. 그분의 영어가 점점 나아지는 게 내 눈에도 보이더군요. 그분은 저를 낳아주신 어머니, 베일라에 대해서, 또 자신에 대해서도 말했습니다. 그분은 제 실질적인 가족이 제게 붙여준 이름을 좋아하지 않았고, 그렇다고 제가 거부한 이름을 사용하고 싶지도 않았는지 저를 '아들'이라고만 불렀습니다. 편지에서는.

그분은 여기 북쪽 지역에서 직업을 구했습니다. 제게서 멀리 떨어져 지내겠다고 약속한 데다, 남부 지역에 머물고 싶지 않았던 거지요. 그리고 평생 이 부근에서 살았습니다. 한 가게에서 일했고, 재혼하지는 않았습니다.

저는 어떤 때는 그분과 가까이 하고 싶었고, 어떤 때는 그분에게서 멀리 떨어져 있고 싶었습니다. 그런 갈등에 제 마음은 갈기갈기 찢어졌습니다. 그분의 주소를 알고 나서는 한걸음에 달려가 그분을 만나고 싶었습니다. 하지만 쉽지 않았습니다. 저는 그분을 몰랐고, 그분도 저를 몰랐습니다. 그때 저는 대학 입학을 앞두고 있었습니다. 하지만 뭔가가 우리를 하나로 맺어주는 듯했습니다. 저는 더 많은 것을 느껴야 한다는 기분을 떨칠 수 없었습니다. 그분은 그후로도 꾸준히 편지를 보냈습니다. 저도 자주 답장을 했어야 했는데 그러지 못했습니다. 답장을 할 수가 없었습니다. 그래도 일 년에 한두 번쯤 그분을 찾아뵙기는 했습니다.

그분은 제 결혼식에도 참석했지만 아내를 달갑게 생각하지 않았

습니다. 유대인이 아니었거든요. 제 아내도 그분을 탐탁히 여기지 않아 사정은 꼬이기만 했고, 저는 그분을 집에 초대할 수 없었습니다. 하지만 그분은 내 아버지였습니다. 제가 아빠라고 불러본 적은 없지만 말입니다. 그래도 우리 부부는 할 수 있는 만큼 했습니다. 아버지를 능력껏 돌보았고, 양로원에도 보냈습니다······."

그가 말을 잇지 못했다. 그가 최선을 다했다는 걸 확신하고 싶어 하는 표정이 역력했다. 우리 모두가 최선을 다하려 하지만, 누구도 그렇지 못한 것이 현실이다. 하지만 그때쯤 나는 그와 전화 통화를 하던 때와 장례식 날 주차장에서 주고받았던 이상한 대화를 이해할 수 있었다. 그때 그에게 의례적인 인사말과 위로의 말을 던졌지만 싸늘한 반응에 머쓱했다. 또 며느리가 장례식장에 나타나지 않은 이유도 궁금했다. 더구나 그의 전화번호도 양로원 직원에게 알아낸 것이었다. 하지만 그런 일이 드물지 않아 크게 개의치 않았을 뿐이었다.

나는 손에 쥔 엽서를 다시 쳐다보았다. 갑자기 손이 떨렸다. 나는 엽서를 내려놓으며 고개를 푹 숙였다. 하지만 엽서를 놓치고 싶지 않아 손가락 끝으로 엽서를 꼭 쥐었다. 평범한 엽서였다. 한쪽에 나치 문장이 찍힌 엽서였고, '모르드개 칼리셔, OOO'라는 이름과 주소가 쓰여 있었다. 하지만 주소는 알아보기 힘들었다. 당시 우체국 직원들이 어떻게 일했는지 신기할 따름이었다. 뒷면에는 편지글이 있었다.

'우리는 여기에 무사히 도착했어요……. 여행을 무사히 끝내 좋아요. 곧 일을 하게 되겠지요. 걱정하지 마세요. 당신의 사랑, 베일라.'

내가 대단한 역사학자는 아니었지만, 알 만큼은 알았다. 1942년 리가에서 어떤 일이 있었는지도. 그곳의 유대인들에게 집으로 우편엽서를 억지로 쓰게 했다는 글을 읽은 적도 있었다.

냉정을 되찾아야 했다. 북받치는 감정을 억눌러야 했다. 많은 엽서가 내 책상에 놓여 있었다. 나는 다른 엽서를 집어 들었다. 이번 엽서는 좀 달랐다. 평범한 엽서였고, 한쪽에 나치 문장은 아니었지만 우체국 소인이 찍혀 있었다. 글씨는 흐릿하고 희미했다. 앞면의 주소는 같았고 뒷면은 '사랑하는 모모에게'로 시작됐다. 나는 구불구불한 히브리 문자로 쓰인 글을 다시 해독하기 시작했다. 작고 반듯하게 쓴 게 여자의 필체가 틀림없었다. 연필로 쓴 것이었다. 나는 큰 소리로 번역하며 읽어갔다.

'나는 여기에서 편하게, 편하게 지내고 있어요. 예전처럼요. 걱정하지 마세요. 잘 지내고 있어요. 우리 모두가 잘 지내요. 여행은 힘들고 이상했지만 지금은 모든 게 훨씬 나아요. 당신의 사랑, 베일라.'

나는 그 엽서를 다시 쳐다보았다. 날짜가 없었다! 발송지의 흔적도 없었다. 나는 황급히 다른 엽서들을 살펴보았다. 그리고 그 남자에게 말했다.

"이 엽서들은 그 시대의 훌륭한 자료입니다. 내 생각에는 박물관에 기증하는 것도 좋을 듯합니다. 예루살렘의 야드 바셈 홀로코스트 박물관이면 어떨까요? 내가 그곳 주소를 알고 있습니다. 아니면 여기 박물관도 괜찮고요. 그들이 틀림없이 흥미를 가질 겁니다. 세밀하게 연구하고, 소중하게 보관해야 할 가치가 있을지도 모릅니다."

그가 얼굴을 붉히며 말했다.

"좀 더 읽어보십시오. 그럼 제가 걱정하는 게 뭔지 아실 겁니다. 이디시 어를 읽지는 못하지만, 아버지가 전에 말했던 것에서 이 엽서들이 어머니가 보낸 거란 걸 짐작하고는 있었습니다. 하지만 조금만 더 읽어주시겠습니까?"

그때 전화벨이 울렸다. 빌어먹을 전화! 나는 전화벨 소리에 움찔했다. 우편엽서를 보며 다른 세계에 빠져들어, 내가 어디에 있는지도 잊고 있었던 것이다. 비서가 아침에만 일을 해서, 오후에는 내가 직접 전화를 받아야 했다. 회원 하나가 자동차 사고를 당했다는 긴급한 전화였다. 아이쿠, 당장 병원으로 달려가야 하나? 당연히 그래야 했다. 그는 내가 말하는 걸 엿듣고, 내 목소리에서 모든 걸 짐작했는지 벌써 엽서를 챙기기 시작했다. 내가 다급하게 말했다.

"잠깐만요. 죄송합니다. 응급상황이긴 하지만 엽서를 좀 더 읽고 싶습니다. 하루나 이틀쯤 엽서를 빌려줄 수 있겠습니까?"

"그렇게 하겠습니다. 저도 랍비님이 좀 더 읽어주길 바랐으니까요.”

내가 이미 옷걸이에서 외투를 꺼내 입고 있는 걸 보며 그가 서둘러 덧붙였다.

“앞뒤가 맞지 않는 이야기도 있을 겁니다. 그래서 랍비님의 조언이 필요합니다.”

“내일 다시 와주시겠습니까?”

“예, 며칠 여기에 머물 겁니다. 가구와 서류 등 정리할 게 좀 남았습니다. 이 봉투는 두고 가겠습니다.”

“그럼 내일 오후 2시에 오십시오. 그때까지 내가 번역한 걸 함께 보도록 하지요.”

그리고 나는 그와 헤어져 도심으로 차를 몰았다. 병원에는 밤낮으로 주차하기가 힘들었지만 내가 할 수 있는 일을 해야 했으니까. 그러나 내가 할 수 있는 일은 별로 많지 않았다.

그날 밤, 나는 가방에서 그 봉투를 꺼냈다. (교통사고가 난 환자는 다리 하나와 팔 하나가 부러진 정도였다. 다행히 큰 사고가 아니어서 장례식까지 준비할 필요는 없었다.) 엽서들을 꺼내놓고 천천히 읽기 시작했다. 도무지 해석되지 않거나, 알아볼 수 없는 글자는 그냥 넘겨버렸다. 대부분의 엽서가 비슷한 내용이었다. 특별히 눈에 띄는 내용은 없었다. 무척 단순하고 간단한 내용이었다. 하기야 엽서에 무슨 특별한 비밀 이야기를 하겠는가? 더구나 검열까지 받았을 텐데. 모든 엽서가 ‘사랑하는 모모에게’로 시작됐고, ‘당신의 사랑, 베일라' 로 끝났다. 모모의 생일을 축하하는 엽서가 있었고, 베일라가 회당장과 하링 박사의 안부를 대신 전하는 엽서도 있었다. 어떤 사람을 만났다고 이야기하는 엽서도 있었다. 하지만 역사학자가 관심을 가질 만한 엽서는 아닌 듯했다. 그저 평범한 사람의 개인적인 횡설수설에 불과했다. 스무 장쯤 읽고 나자 눈이 뻐근해졌다. 결국 나는 엽

서들을 봉투에 도로 집어넣었다.

이튿날 오후 2시, 그가 사무실로 다시 찾아왔다. 나는 단도직입적으로 솔직하게 이야기하는 편이 낫겠다고 생각했다. 세상을 놀라게 할 얘깃거리가 아니고, 책으로 출판할 가치도 없으며, 영화로 만들 만한 일기도 아니라고……. 그래서 나는 "스무 장 남짓 읽었습니다. 하지만 전반적인 내용이 거의 똑같았습니다."라고 말했다. 그리고 내가 써둔 것, 회당장, 하링 박사 등을 언급했다. 그는 고개를 끄덕이며 조용히 듣기만 했다. 내 이야기를 다 듣고 나서야 물었다.

"또 무엇을 보았나요, 랍비님?"

나는 어리둥절했고, 약간 짜증이 났다.

"무슨 뜻입니까?"

그는 엽서를 내려다보며 말했다.

"제 어머니가 보낸 엽서들입니다. 어머니는 강제수용소에 갇혀 있었습니다. 저도 그건 압니다. 한 번, 딱 한 번, 아버지가 그렇게 말해주었습니다. 아버지의 생일날이었습니다. 케이크와 옷, 그리고 책 한 권을 선물로 사서 아버지를 찾아갔습니다. 그때 아버지가 이 엽서 하나를 제게 보여주었습니다. 조그만 탁자에 놓여 있었지요. 물론 저는 읽을 수 없었습니다. 그 엽서는 한참 후에야 보낸 것이었습니다. 아버지가 살던 아파트 주소, 영국 주소로 보낸 엽서였습니다. 아버지는 '네 어머니가 보낸 엽서다.' 라고 말씀하시더군요. 그러고는 일어서서 붙박이장으로 가, 선반에서 구두상자 뚜껑을 열고 엽서를 도로 넣었습니다. 그때 무슨 생각을 했는지는 기억나지 않습니다. 아버지가 약간 이상하게 보이긴 했지만 아무 말도 하고 싶지 않았습니다. 그후로 저는 엽서를 다시 언급하지 않았고, 아버지도 다시 입에 담지 않았습니다.

우리가 아버지를 아파트에서 데리고 나와 양로원에 모시기 전까지는 그랬습니다. 하지만 아버지가 가끔 정신을 놓기 시작하면서, 아버지는 제가 그 상자를 챙겨주길 바랐습니다. 아버지는 그 상자를 옆에 두고 싶어 하셨습니다. 그래서 그 상자와 몇몇 물건을 챙겨 아버지에게 갖다 드렸습니다. 아버지는 그 상자를 침대 옆의 조그만 사물함에 넣어두셨습니다. 약병 옆에요. 나는 가끔 약병을 살펴봤지만 그 상자를 열지는 않았습니다. 무슨 이유인지는 몰라도 그 상자를 멀리하고만 싶었습니다.

그런데 아버지의 건강은 점점 악화됐습니다. 4~6개월 전부터요. 저는 격주 주말에 아버지를 방문했습니다. 아내가 탐탁치 않게 생각했지만, 누가 뭐래도 그분이 내 아버지가 아니냐고 아내를 설득했습니다. 양로원 간호사가 아버지에게 배달되는 우편물을 챙겨두었다고 제게 전해 주었습니다. 청구서, 명세서, 연금 수급장, 도움을 청하는 편지 등 다양했습니다. 아버지가 이곳저곳에 기부를 좀 하셨거든요.

그후로 모든 게 중단됐지만 이 엽서만은 계속됐습니다. 매달 반듯한 글씨로 쓰인 엽서가 한 장씩, 양로원의 아버지에게 배달됐습니다.

방 번호까지 정확히 적혀서요. 저는 모든 우편물을 아버지에게 가져가 손에 쥐어 드렸습니다. 그럼 아버지는 엽서를 꼭 쥐고 놓지 않았습니다. 제가 보기엔 정신이 몽롱한 상태에서도 엽서만은 꼭 쥐고 놓지 않았습니다. 아버지가 엽서를 놓을 때야 저는 상자의 뚜껑을 열어 엽서를 넣어두었고, 다시 뚜껑을 닫았습니다. 엽서를 읽어볼 생각은 눈곱만큼도 하지 않았습니다."

내 서재이자 사무실에 침묵이 흘렀다. 나는 제발 전화벨이 울리지 않기를 빌었다.

"그러니까 엽서가 계속 왔다는 뜻입니까? 지금도요?"

"그렇습니다. 그래서 엽서들을 대강 살펴보았습니다. 이디시 어로 쓰여, 제게는 낙서일 뿐이었습니다. 날짜도 적혀 있지 않고요. 하지만 풀림의 숙박소로 배달된 엽서들이 있었고, 버밍엄으로 배달된 엽서들도 있었습니다. 이곳으로 배달된 엽서도 많았고요. 깨끗한 우표가 붙은 엽서, 옛날 우표, 영국 우표, 심지어 십진법이 도입되기 전의 우표가 붙은 엽서도 있습니다. 한 달에 한 번, 때로는 두 번까지 아버지는 엽서를 받았습니다. 하지만 장례식 이후로는 배달되지 않았습니다. 혹시……."

우리는 다시 침묵에 빠졌다. 나는 어안이 벙벙했다. 싸늘한 전율마저 밀려왔다. 나는 책상 위에 놓인 엽서들을 다시 살펴보았다. 그의 말이 맞았다. 1950년대 우표가 붙은 엽서가 있었다. 왜 내가 그걸 보지 못했을까? 나는 엽서에 쓰인 글을 읽는 데만 치중했지, 소인을 눈여겨보지는 않았다.

그가 헛기침을 하고 말했다.

"혹시 저를 언급한 엽서가 있는지 알고 싶습니다."

나는 펜을 만지작거리면서, 이번에는 전화벨이 울려주기를 바랐다. 침묵이 부담스럽게만 느껴졌다. 나는 더 이상 엽서를 건드리고 싶지 않았다. 내가 침묵을 깨며 그에게 뭔가를 물어야 한다는 걸 알았다. 그러나 쉽지 않았다. 정말 어려웠다. 그는 고개를 숙이고 자신의 발끝을 내려다보고 있었다. 나는 그와 눈을 마주치고 싶지 않았다.

마침내 내가 물었다.

"그래서 내게 이 엽서를 가져온 겁니까? 혹시 다른 이유는 없습니까?"

그는 내 질문에 대답하지 않고, 손가방을 집어 들더니 가방 속을 뒤적거렸다. 그리고 커다란 갈색 봉투를 꺼냈다. 봉투의 덮개를 열고는 내 책상 위에서 흔들었다. 우편엽서 하나가 떨어졌다. 나는 그 엽서를 집어 들어 살펴보았다. 앞면은 흔하디흔한 풍경 사진이었고, 뒷면에는 우표 위에 흐릿한 소인이 찍혀 있었다. 영어로 쓰인 편지글이 있었다. 검은 잉크로 쓴 듯했다. 나는 편지글을 읽기 시작했다.

"사랑하는 아들에게, 네 엄마와 나는 잘 지낸다……."

과거는 과거 너머에 있다

나는 그 노인에게 그런 이야기를 듣게 될 줄은 정말 몰랐다. 그러나 그는 이야기를 하고 싶어 했고, 내게 들어 달라고 했다. 내게 꼭 전해야 할 중요한 이야기가 있다고 말했다.

무덤까지는 갖고 가고 싶지 않은 부끄러운 비밀을 간직한 사람들이 의외로 많다. 대부분이 하찮고 사소한 일이며, 다른 사람들에게는 이미 잊혀진 이야기지만, 당사자에게는 부담스런 짐으로 변해 해가 갈수록 무거워지고 자신을 조금씩 마비시켜가는 일이다. 우리는 그 비밀을 마음속에 간직한 채 암덩어리처럼 키워가다가 훌훌 털어낼 적절한 시간이 와주기를 기다린다. 그렇다면 그 적절한 시간은 언제일까? 우리가 여전히 말을 하고 숨을 쉬지만 더 이상 잃을 것이 없을 때이다. 또 무덤이 입을 크게 벌리며, 다른 두려움, 특히 다른 사람의 반응에 대한 두려움까지 이겨낼 때가 그때이다. 따라서 짐이 조금도 필요 없는 여행을 시작하기 전에 그 불필요한 짐을 덜어내려는 사람들을 나는 적잖이 만났다. 흔히 그런 과정을 '임종 고백'이라 하지만, 내 귀에는 너무 멜로 드라마처럼 들려 나는 그 표현을 별로 좋아하지 않는다. 여하튼 이때 나는 상대에게 홀가분한 마음으로 '녹색 통로(과세 및 신고대상 휴대품이 없는 여행자가 이용하는 통로)'를 이용하라고 결정할 권한을 지닌 세관 공무원처럼 행동해야 한다.

그래서 그때도 그런 마음으로 노인과 마주보고 앉았다. 옛날 귀족 별장을 양로원으로 개조한 곳이었다. 날림으로 다시 꾸며지고 두꺼운 카펫이 깔렸지만, 자제력을 상실한 노인들과 그런 현실을 감추려 안간힘을 다하지만 번번이 실패하는 노인들의 냄새가 물씬 풍겼다. 우리는 조그만 휴게실의 한구석을 차지하고 앉았다. 아니, 우리가 휴게실의 유일한 손님이었다. 노인은 가벼운 이야기로 시간을 보내면서 누군가를 기다리는 표정이었다. 마침내 한 노파가 보행 보조기에 의지해 휴게실에 들어섰다. 그러나 노인은 내게 휴게실 문을 닫아달라고 부탁했다.

노인이 "이 이야기는 내 랍비에게 들은 겁니다. 내 랍비는 그 이야기를 그분의 랍비에게 들었다고 하더군요. 히틀러도 우리 식구였습니다. 길을 잘못 든 사람이지요."라고 말했다.

"무슨 뜻입니까?"

"모르셨습니까? 히틀러도 유대인이었습니다!"

"말도 안 됩니다! 정말 정신을 놓으신 겁니까? 아돌프 히틀러가요? 인류 역사상 가장 반유대주의자인 히틀러가요?"

"그렇습니다. 히틀러는 그렇게 키워진 겁니다. 그들은 히틀러에게 가짜 신분을 주었습니다. 왕정이 무너지자, 히틀러는 독일의 정치적 상황을 바꾸려고 가능한 모든 수단을 동원했습니다. 하지만 실패했습니다. 그래서 엄청난 재앙으로 돌변한 겁니다. 모든 것이 흐지부지되고 말았습니다."

나는 당혹스럽기만 했다. 내가 그때까지 들었던 모든 음모론을 무색하게 만드는 충격적인 이야기였다. 하지만 나도 모르게 관심이 기울여졌다. 노인이 다음에 무슨 이야기를 할까? 엄청난 비밀이란 게 그것일까?

"아돌프 히르슐러, 그는 실패한 화가에 불과했습니다. 그래서 이름을 히틀러로 바꾸었습니다. 그의 아버지 이름이 원래 시클글루버였다는 소문은 들으셨겠죠? 이 소문에도 빈정대는 냄새가 풍깁니다. 히틀러는 그렇지 않았지만, 그의 아버지는 동료들에게 '셰켈그뤼버'라고 손가락질 받았습니다. 마지막 한 푼까지 뜯어내는 사람이란 뜻입니다(셰켈은 이스라엘의 화폐 단위로 '돈'이란 뜻). 그들은 그 소문을 막아보려 했지만 헛수고일 뿐이었습니다.

여하튼 히틀러는 브륀에서 태어났습니다. 물론 브륀은 브라우나

우의 옛 이름이고요. 히틀러가 오스트리아-헝가리 제국의 군대에 입대한 것도 사실이고, 전쟁 후에 빈에서 실업자로 살았던 것도 사실입니다. 정확히 말하면, 고용 부적격자였지요. 그가 어울린 유대인들까지 그렇게 생각했으니까요. 여하튼 많은 소문이 진실입니다.

그러나 그때 '비밀 집단'의 회원 하나가 당시 급부상하던 우익 정당에 유대인을 은밀히 심어야겠다는 계획을 세우고 실행에 옮겼습니다. 그래서 몇몇 유명한 청년들이 선정됐고 본격적인 교육을 받았습니다. 그들은 자신들에게는 낯설었지만 보통 사람에게는 조금도 의심받지 않을 새로운 신분을 부여받고, 여러 정치집단에 침투했습니다. 처음엔 모든 게 순조로워 보였습니다. 돌격대원의 3분의 1이 유대인, 즉 비밀 집단의 요원이었다고 말할 정도였으니까요. 그런데 어떤 일이 일어났을까요?"

그 노인이 광기에 빠져 헛소리를 하는 것 같았다. 미친 게 틀림없었다. 그러나 노인의 말은 너무 흥미로웠다. 게다가 그날따라 시간마저 넉넉했다.

"꼭 골렘(유대인의 민속으로 점토나 나무로 만들어 생명을 불어넣은 인형) 이야기처럼 들릴 겁니다. 마법사의 제자나 프랑켄슈타인 이야기처럼 들리기도 할 겁니다. 여하튼 유대인의 비밀 집단이 훈련해서 만든 창조물 히틀러가 괴물로 변해 자제력을 잃었습니다. 게다가 권력까지 움켜쥐면서 옛 주인들을 부인하기 시작했고, 그들을 아예 없애버리려 했습니다. 어떤 흔적도 남기고 싶지 않았던 거겠죠.

그는 권력에 미쳐버렸습니다. 그가 그런 위치까지 올라갈 줄은 누구도 몰랐습니다. 그는 한낱 하급 요원에 불과했으니까요. 그가 받은 교육과 배경 및 지적 수준을 감안하면 누구라도 그렇게 생각했을 겁니다. 그가 그처럼 성공할 거라고, 또 그렇게 무자비하게 변할 거라고 예측한 사람은 아무도 없었습니다. 또 그가 선거에서 승리하리라고 생각했던 사람도 없었을 겁니다. 결국 그들은 민중의 어리석은 판단을 예견하지 못했던 겁니다. 그들의 꼭두각시 중 하나가 맥줏집에서 벌떡 일어나 반유대적 구호를 토해내기 시작하면 모두가 그 말을 믿고, 그 사람을 좋아하게 될 거라는 사실을 깨닫지 못했던 겁니다.

터무니없는 생각이지만 이렇게 생각해 보십시오. 검은 머리칼을 가진 땅딸막한 사내가 금발에 푸른 눈을 가진 멋진 남자들처럼 변하는 꿈을 꾸기 시작합니다. 무슨 이유인지는 몰라도 그들을 아리안이라 부릅니다. 그는 그들에게 완벽한 인간이란 환상을 불어 넣어줍니다. 물론 모두가 완벽할 수는 없기 때문에 '대부분'이란 수식어를 달겠지요. 이런 상황을 상상할 수 있으십니까? 뚱뚱보 괴링, 겁쟁이 히틀러, 하이드리히, 보어만, 절름발이에 검은 머리였던 괴벨스……. 그들 모두는 완벽한 슈퍼맨을 꿈꾸지 않았을까요? 그런데 누군가 그들에게 완벽한 인간이고, 그밖의 다른 종족은 모두 나쁘다고 부추긴다면 어떻게 되겠습니까? 실제로 히틀러는 무수한 민중에게 그런 생각을 심어주었습니다. 미친 생각, 완전히 미친 생각이었습니다. 역사상 누구도 그렇게 비뚤어진 생각을 하지는 않았습니다. 내 랍비는 그렇게 말했습니다.

비밀 집단은 그를 통제할 수 없었습니다. 그는 점점 불량하게 변해 갔습니다. 바닥에서부터 꼭대기까지 단숨에 올라갔습니다. 중요한 정치적 위치를 거치지 않고, 장관조차 하지 않고 단번에 총리가 된 사람은 없었습니다. 관리들과 보좌관들에게 무엇을 해야 하는지 배우지도 않고, 엉뚱한 짓을 하지 못하도록 견제하는 사람들을 옆에 두지도 않고 단숨에 총리가 된 사람은 없었습니다. 바닥에서, 길거리에서 큰 소리로 선동하던 하룻강아지에서 갑자기 총리라는 자리에 올랐습니다. 분명히 말씀드리지만, 전혀 계획된 것이 아니었습니다. 누구도 예상하지 못한 일이었습니다. 그래서 누구도 적절하게 대응할 수 없었습니다.

진정한 혼란은 그때부터 시작됐습니다. 그는 별안간 자신의 뿌리에 총구를 겨누었고, 체제 전체를 적대시했습니다. 온갖 음모설이 난무하기 시작했고, 모두가 그런 음모를 믿을 태세였습니다. 그리고 유대인에게 공격을 퍼붓기 시작했습니다. 누구도 어디서부터 반격해야 할지 몰랐습니다. 비밀 집단도 마비되고 지리멸렬됐습니다."

모든 이야기가 터무니없게 들렸다. 나는 그렇게 말할 수밖에 없다. 그러자 노인은 정색을 하며 말했다.

　"증거를 원하시는 겁니까? 물론 어떤 증거도 없습니다. 인간이 그렇게 어리석지만은 않습니다. 하지만 그 사람이 무슨 짓을 저질렀습니까? 일종의 집단 정신질환이 있었습니다. 집단 최면이라 해도 좋습니다. 어쨌든 생각해 보십시오.

　그는 장군들이 일개 상병의 명령을 따르게 했습니다! 장군들이 상병의 명령을 받으려고 줄을 서서 기다렸고, 그 앞에 차려 자세로 서서 '님'이라 불렀습니다. 또 그의 지시에 독일인들은 오스트리아 인을 지휘관으로 받아들였고, 오스트리아 인들은 자신들이 실제로는 독일인이라 믿었습니다. 북쪽의 뻣뻣한 프로이센에게 등을 돌리고, 수세기 동안 남쪽과 동쪽을 쳐다보면서 헝가리와 발칸 지역에서 다문화 제국을 이루어낸 자랑스러운 민족이 갑자기 독일인이 된 겁니다. 그것만이 아닙니다. 그의 압력에, 바티칸마저 타락한 가톨릭 신자와 정교조약을 맺었습니다. 상상이 되십니까? 그후엔 볼셰비키의 두목, 스탈린에게도 조약을 맺게 했습니다. 말이 난 김에 덧붙이면, 스탈린은 유대인이 아니었습니다. 그를 조종하던 동방정교회의 대주교단이 꾸며낸 소문에 불과했습니다."

"동방정교회의 대주교단이요? 교회를 말하는 겁니까? 하지만 스탈린은 교회를 박해했습니다! 그는 공산주의자였습니다!"

"그렇지 않습니다. 스탈린은 그루지아 인으로 수도원의 수습 사제였습니다. 혁명으로 황제를 몰아내고 라스푸틴을 제거한 후에, 러시아 정교회가 세력을 확대하려고 스탈린을 선택한 겁니다. 스탈린은 실제로 그 뜻을 따랐고, 가톨릭 국가였던 폴란드를 분할까지 한 겁니다. 내 생각엔 양측 모두가 오판했습니다. 서로를 과소평가한 거지요. 스탈린은 전쟁 전후로 당에서 유대인을 거의 제거했습니다. 스탈린을 통해 정교회의 세력을 확대하려는 계획을 세운 사람들 모두가 숙청당하고 말았습니다. 트로츠키를 기억하겠지만 그도 그런 이유에서 제거된 겁니다.

비밀 집단은 러시아 정교회가 충분히 자기 역할을 해낼 것이라 믿었고, 강력한 독일을 구축해 서쪽으로 세력을 확대할 계획이었습니다. 물론 팔레스타인, 아메리카, 브라질 등에서 다채로운 계획을 추진할 생각이었습니다. 1918년 독일은 전쟁배상금에도 불구하고 산업기지만은 든든했습니다. 황제는 식물인간이나 마찬가지였고요. 교회도 황제를 지지한 까닭에 힘이 크게 떨어진 상태였습니다.

반면에 유대인들은 본연의 군사적 전통을 바탕으로 군부에 확고한 기반을 구축하고 있어, 그들 중 일부를 지도자급까지 성장시키겠다는 계획은 충분히 타당했습니다. 강력한 독일이 문제될 것은 없을 듯했습니다. 바티칸도 그렇게 생각하는 분위기였고요. 그런데 바티칸에서 모든 게 틀어지기 시작했습니다. 바티칸을 완전히 장악하지 못했기 때문이었을까요?"

나는 신중하게 대답했다.

"잘 모르겠습니다……."

"바티칸은 겉으로 상명하복이 분명한 하나의 체제로 보입니다. 제일 위에 교황이 있고요. 하지만 많은 추기경이 있고, 온갖 위원회와 수도회가 있어 권력을 공유하며 서로 견제합니다. 따라서 중앙집권적이면서도 권력분산적인 구조를 띱니다. 무척 효율적인 구조라할 수 있지요. 전 세계를 포괄하는 네트워크, 사립학교와 사립대학교, 탁월한 통신수단, 비밀스런 암호, 많은 내부 교육, 대중을 현혹시키는 화려한 말들……. 또 온갖 정책이 토론과 분석의 과정을 거쳐 결정되고 시행됩니다. 그 모든 과정이 은밀히 이루어집니다. 그러나 항상 면밀하게 통제되지요. 그들이 가톨릭의 계승을 굳건히 할 목적에서 전쟁을 원하면 전쟁은 필연적입니다. 반종교개혁, 종교재판 등 온갖 수단이 동원됩니다. 그들은 전문가입니다. 그들은 오래전부터 그런 연구를 해온 전문가들이었습니다.

동방정교회도 마찬가집니다. 멋진 묵주와 검은 예복은 충직한 신도들에게 경외감을 줍니다. 성가와 향연(香煙)도 그렇고요. 이처럼 채색된 장막 뒤에서 감시의 눈이 모든 걸 지켜봅니다. 예부터 동방정교회 국가는 권력 독점적인 전체주의 국가였습니다. 그게 우연의 일치에 불과할까요? 우리가 체제라 칭하는 것은 중요하지 않습니다. 항상 같은 방향으로 움직이니까요. 벽에 걸린 성화나 카메라에 찍힌 성화의 사진이나 똑같은 효과를 갖습니다. 사람들은 그걸 보고 겁을 먹습니다.

신교도요? 그들도 그럭저럭 자리를 잡았습니다. 유럽에서 빠져나가 아메리카에서 시작한 덕분일 겁니다. 오스트레일리아에도 침투하긴 했군요. 유럽은 신교도들에게 너무 위험한 곳이었습니다. 충돌도 많았고, 그에 따른 학살도 수없이 뒤따랐습니다. 그들은 바다 건너편에 있는 영국을 지배하게 되면서 상당히 안전한 권력 기반을 구축할 수 있었습니다. 그러나 메리 스튜어트와의 갈등이나 화약 음모 사건이 있었다는 걸 잊어서는 안 됩니다. 게다가 영국으로 끝났습니다. 예컨대 아일랜드를 지배하려 했지만 번번이 실패했습니다. 온갖 수단을 동원했지만 뜻대로 되지 않았습니다. 아메리카의 아일랜드계 가톨릭 신자들도 위협거리였습니다. 이탈리아 인과 히스패닉계는 언급할 필요조차 없겠지요.

우리는 어떨까요? 옛날에도 그랬지만 여전히 어려운 실정입니다. 우리는 공공연히 세력을 확대해 본 적이 한 번도 없습니다. 물론 우리도 나름의 지분을 갖고 있습니다. 그래서 때로는 협조가 부족하고, 때로는 실수를 저지릅니다. 그 때문에 역풍을 맞기도 하고요. 우리가 암암리에 일하기 때문에 항상 그런 위험이 있는 겁니다. 세상에 누가 실수를 드러내고 자랑하고 싶겠습니까? 이런 과정에서 우리는 너무 많은 적을 만들었습니다. 옛날에도 항상 그랬습니다. 랍비님께 이 말을 해주고 싶었던 겁니다. 다른 사람들에게도 알려주십시오. 자업자득이라고요."

그는 피곤해 보였다. 눈꺼풀이 아래로 처진 듯했다. 그래서 나는 고마웠다며 이만 가야겠다고 말했다. 그리고 며칠 후에 다시 들르겠다고 덧붙였다.

나는 휴게실을 나와, 간호사실의 창문을 살짝 두드렸다. 그리고 간호사에게 내 명함을 주며, 그 노인에게 무슨 일이 생기면 연락해 달라고 부탁했다. 간호사는 내 명함을 훑어보고는 말했다.

"감사합니다, 랍비님. 하지만 왜 랍비님에게 연락해야 하지요? 헨더슨 씨는 로마 가톨릭 신자인데요. 어제는 신부님도 다녀가셨는데."

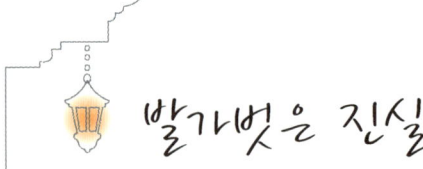

발가벗은 진실

남자들이 흔히 품는 환상 가운
데 하나는 한밤중에 차를 몰고 가다가 완전히 발가벗은 여자를 발견
하고는 옆자리에 태우는 것이다. 그러나 이런 환상이 현실로 나타날
때는 불쌍한 남자들이 상상하던 방향과는 완전히 딴판이다. 지난밤
에, 한 남자에게 실제로 그런 일이 벌어졌다.

발가벗고 거리를 활보하던 여자가 팔순 가량의 노파였다는 게 문
제였다. 그 노파는 영어를 할 줄 몰랐고, 자신이 누구인지도 몰랐다.
그래서 그 불쌍한 남자는 외투를 벗어 노파의 몸을 감싸주었고, 노
파를 간신히 설득해 조수석에 태워 세이프웨이스 옆에 있는 파출소
로 직행했다.

파출소에 도착해서는 행운과 불운이 잇따랐다. 행운은 눈치 빠른 젊은 경찰에게 노파를 금세 인계한 것이었고, 불운은 노파가 누군지 아는 경사가 비번이었다는 것이다. 만약 그 경사가 있었더라면 우리 모두가 그런 고역을 치르지 않았을 것이다.

그 노파가 다윗의 별을 매단 목걸이를 하고 있어 나까지 그 소동에 말려들었다. 당직 경찰은 다윗의 별을 보고 노파가 유대인일 것이라 추리했다. 그래서 전화번호부를 뒤져 회당에 전화를 걸었다. 비상시에 대비해 자동응답기에 녹음해 둔 내 전화번호를 듣고 경찰은 내게 전화를 걸었다. 그리고 나는 새벽 2시에 전화를 받았다.

나는 대기실에서 탁자를 사이에 두고 노파와 마주 앉았다. 그때까지 노파를 돌보던 여자 경찰은 안도의 한숨을 내쉬며 서둘러 대기실을 빠져나갔다. 노파는 허름한 옷을 입고 경찰복을 위에 걸치고 있었다. 노파를 파출소로 데려온 남자는 자신의 신분과, 노파를 어디에서 발견했는지 등을 진술한 후에 집으로 돌아가고 없었다.

사회복지단체가 노파를 야간 구호소나 병원으로 데려가기 전에, 나는 노파와 이야기를 나눠야 한다는 이상한 의무감을 느꼈다. 다행히 여름이어서, 노파가 감기에 걸리거나 저체온증으로 사망할 염려는 없었다. 하지만 노파의 신분을 알아낼 단서가 전혀 없었다. 그 난국을 풀 열쇠를 모두 노파가 쥐고 있는 셈이었다.

나는 영어로 내 신분을 알렸지만 노파는 전혀 못 알아들었다. 그래서 나는 다시 독일어로 말을 걸어보았다. 노파가 반응을 보였다. 고개를 치켜들고 나와 눈을 마주치려 했다. 내 독일어 실력이 짧기도 했지만, 노파는 말을 하고 싶지 않은 표정이었다. "야"와 "구텐 모르겐"을 반복할 뿐이었다. 하지만 그때는 '굿모닝'이라고 말할 시간은 아니었다……. 그런데 순간 모임 때문에 런던에 가야 한다는 생각이 문득 떠올랐다. 나는 아침 7시 10분 기차를 탈 예정이었다. 그때가 새벽 4시여서 기차를 놓칠 가능성은 거의 없었다. 물론 잠을 잘 가능성도 없었다. 나는 다시 독일어로 물었다.

"할머니, 성함이 어떻게 되세요?"

대답이 없었다. 몇 번이나 다시 물었다. 그때서야 노파는 빙그레 웃으면서 말했다.

"도라 사라."

마침내 지푸라기라도 잡은 심정이었다. 다시 독일어로 말했다.

"고맙습니다, 도라 사라 할머니. 그럼 성은 어떻게 되나요?"

노파가 고개를 갸우뚱하며 눈빛이 흐려졌다. 그리고 고개를 푹 숙이며 중얼거렸다.

"몰라…… 몰라."

"그럼 어디에 사세요?"

"몰라, 몰라."

나는 당직 경찰에게 잠시 노파 곁을 지키면서 무슨 일이 있었는지 알아봐야겠다고 말했다. 노파는 '혼동'의 상태가 아니었다. 치매가 상당히 진행된 상태가 분명했다. 우리는 근무를 교대하는 6시까지 기다렸다가, 유대인 양로원에 전화를 걸어 노파를 데려갈 간병인을 보내달라고 요청하기로 했다. 그때까지 확인된 사실은 몇몇 유대인 가구가 사는 지역에서 노파가 발견됐고, 다윗의 별을 목걸이로 하고 있으며, 어느 정도인지는 몰라도 독일어를 한다는 것이었다. 따라서 확실한 사실이 밝혀질 때까지 노파를 유대인 양로원에서 보호하는 것이 최적의 선택인 듯했다.

그런데 6시쯤, 세 가지 일이 거의 동시에 일어났다. 첫째는 경사가 파출소에 출근한 것이었다. 얼마 후, 경사는 상황을 보고받고 곧바로 대기실의 노파를 보러 갔다. 경사가 노파를 보는 순간, "크라머 부인이시군요. 또 오셨어요?"라고 놀란 것이 두 번째 사건이었다. 마지막으로는 도리티 부인이 노령인 어머니가 밤 사이에 사라졌다며 걱정에 사로잡혀 파출소에 전화를 걸어왔다. 결국, 노파가 오스월드 파크 레인에서 멀리 않은 곳에 산다는 게 밝혀지면서 우리는 그 문제를 해결할 수 있었다. 아니, 우리가 문제를 해결한 것이 아니라 문제가 저절로 풀린 셈이었다.

6시 15분 경, 도리티 부인이 잠이 덜 깬 남편을 끌고 어머니를 찾으러 왔다. 노파는 혼자 침대에서 빠져나와 아래층으로 내려왔고, 누구도 방해하지 않고 살그머니 집 밖으로 나온 게 분명했다. 노파가 그런 식으로 집을 나온 게 처음은 아니었지만, 그처럼 완전히 사라진 것은 그때가 처음이었다.

　나는 회원 명부에서 도리티 부인이란 이름을 본 적이 있는 것 같았다. 하지만 예배에 충실히 참석하는 신도는 아니었다. 도리티 부인은 나와 당직 경찰, 그리고 어머니의 말동무를 해주려고 애쓴 여자 경찰에게 고맙다고 말하며, "정말 깜짝 놀랐어요. 3~4년 전부터 이런 증세를 보이기 시작했는데 근래 들어 갑자기 심해지셨어요. 기억이 완전히 사라지신 것 같아요. 심지어 딸인 나를 못 알아보고, 때로는 독일어로 혼자 웅얼대기도 하세요."라고 덧붙였다. 그녀의 어머니가 끔찍했던 시절로 계속 되돌아가고, 밤에는 비명까지 지르면서 그녀와 남편의 잠을 깨운다고 하소연했다. 하지만 우리가 무엇을 할 수 있겠는가? 계속 돌보면서 살아 계신 것만도 감사해야 하지 않겠는가? 그저 우리 마음의 위안을 찾기 위한 상투적인 말밖에…….

　도리티 부인은 서류에 서명을 하며 어머니를 집으로 데려갔다. 어쨌든 사회복지단체에도 그 과정에서 연락이 됐고, 사회복지사는 상황을 파악한 후에 노파를 좀 더 안전한 곳으로 모셔야 할 때가 된 듯하다고 말했다. 나는 도리티 부인에게 곧 들르겠다고 말했다. 하지만 그날은 아니었다. 서둘러 기차를 타야 했으니까!

그러나 집에 돌아가 가방과 서류를 챙기고 택시를 불렀을 쯤에는 7시 10분 기차를 탈 수 없었다. 결국 8시 15분 기차를 타야 했다. 그런데 그 기차는 상대적으로 많은 역에 정차하는 바람에 나는 랍비 모임에 2시간이나 늦고 말았다. 그러나 그런 일은 다반사였다.

여하튼, 나는 그날 이후로 밤에 운전을 하다가 발가벗은 여자를 옆자리에 태우면 좋겠다는 환상은 깨끗이 잊기로 했다. 환상에는 곤경이 따르는 법이다. 환상이 현실로 나타나면, 발가벗은 진실이 얼마나 볼품없는가를 절실히 깨닫게 된다.

헬라의 패는 우리 회당 벽에서 한 자리를 차지하고
있다. 세 번째 줄, 밑에서 네 번째에. '헬라, 1944
년 사망'이라 쓰여 있을 뿐이다. 그러나 그녀가 살
았다는 걸 누군가 기억하고, 그녀가 죽은 걸 누군
가 슬퍼한다는 증거이다.

7.
기억

헬라의 패

그래서 그는 정원 일을 싫어했다

인간이라는 야수

헬라의 패

그의 왼손에는 약지손가락이 없었고, 말할 때는 내가 흔히 '동유럽' 억양이라 부르는 투박한 억양이 드러났다. 그렇다고 내가 폴란드 억양, 리투아니아 억양, 러시아 억양을 똑 부러지게 구분할 수 있는 것은 아니다.

그는 패(牌)를 주문하고 싶어 했다. 그러나 나에게 먼저 그에 관련된 이야기를 해야 했다. 그는 단정한 차림으로 내 사무실에 들어와 앉았다.

우리 회당은 새로운 계획을 발표했다. 회당 뒷벽의 일부를 고인에게 헌정하는 타원형의 청동패로 장식하려는 계획이었다. 회원으로 기억되고 싶은 사람이 있으면 누구나 청동패를 구입할 수 있었다. 물론 가격은 청동을 구입하고 조각하는 데 소요되는 비용보다 비싸게 해서 회당의 기금을 마련하기 위한 목적도 있었다. 그러나 일부 회원이 그런 계획만으로는 부족하다는 반론을 제기했다. 그래서 위원회는 토론을 거듭하고 치밀하게 원가 계산을 한 끝에, 목판을 사용하고 조각도 우리가 직접 하기로 결론을 맺었다. 그리고 회당의 회보에 그런 결론을 공고했다. 우리 회당에는 부모가 유대인이 아닌 회원도 상당히 많았기 때문에 그들에게 조금의 불만도 사지 않으려고 단어 하나에도 무척 신경 쓰며 공고문을 작성했다.

패를 주문하려면 이름과 히브리식 이름, 출생한 날짜와 사망한 날짜를 알아야 했다. 가능하면 히브리력의 날짜를 권했다. 그래서 '히브리력 날짜를 모르시는 분은 랍비에게 문의하면 도움을 주실 겁니다.'라는 말을 덧붙였다. 나는 내 백과사전의 뒷면에 히브리력과 그레고리력을 비교한 표를 붙여두고 이미 여러 차례 참조한 적이 있었고, 이디시 어를 반영한 듯한 이름의 히브리 어 철자를 찾아내는 법을 고민하고 있었다. 그런데 이 남자는 이 문제로 나를 찾아온 것일까?

그는 한숨을 내쉬며 내 사무실을 잠시 둘러보았다.

"내가 옛날에 알았던 한 여인 때문입니다. 하지만 그녀에 대해 자세히는 모릅니다."

"가족이 아닌가요?"

"예. 그저 내가 알았던 여인입니
다. 우리는 함께 꽤 많은 사람들을
죽였고, 그녀가 내 목숨을 구해 준 적도 있습니
다. 이제 나는 늙었지만, 그때 일은 아직도 기억에 생생합니다. 아
니, 오히려 날이 갈수록 더 뚜렷이 떠오르는 듯합니다. 그녀의 이름
을 어딘가에 남겨두고 싶었습니다. 그러던 차에 회당 회보에 실린
공고를 보게 됐습니다. 그래서 생각하길……."

나는 어리둥절했다. 그는 머리가 희끗하게 쇤 점잖은 노인처럼 보
였는데 사람들을 죽였다니! 하지만 회당에 등록된 많은 연금 수령자
가 마음에 담아둔 이야기가 있었고, 그 노인도 잘려 나간 약지손가
락부터 하고 싶은 이야기가 많은 듯했다.

그는 내 표정을 읽더니 빙긋이 미소를 지었다. 분명히 미소였다.

"나는 빨치산이었습니다, 랍비님. 우리 둘 다 빨치산이었습니다.
우리가 어떤 삶을 살았는지 대강 짐작하시겠죠?"

나는 빨치산에 대한 글을 읽은 적이 있었다. 레코드판의 뒷면에
이디시 어로 쓰인 유명한 빨치산 노래 〈마지막 길을 간다고 말하지
마오〉를 들은 적도 있었다. 그러나 그 정도가 전부였다. 나는 그렇
게 말하며 빨치산에 대해 백지는 아니라는 걸 과시하기는 했지만,
빨치산이 실제로 어떻게 살았는지는 몰랐다.

"우리는 정규군이 아니었습니다. 아마추어 군인이었던 셈이죠.
훈련을 제대로 받지 않았지만 실전을 통해 전투력을 키워갔습니다.

우리는 우여곡절 끝에 살아남아 숲으로 피신한 사람들이었습니다. 운이 좋은 사람들은 빨치산 무리를 만나 그들의 일원이 됐고 무기와 음식을 제공받았습니다. 그러나 운이 없는 사람들은……."

그는 차마 말을 끝맺지 못했다. 나는 아무런 대꾸도 하지 않고, 그가 계속 말하길 기다렸다.

"우리는 전투에 가담해 싸웠지만 군복도 없었고 군번도 없었습니다. 우리는 무명용사로 소모품에 불과했습니다. 낮에는 숲에서 숨어 지내거나 정찰하는 데 그쳤고, 밤에는 숲에서 나가 독일군을 죽이거나 파괴공작을 벌였습니다. 기차와 트럭, 다리와 신호함, 창고와 검문소 등 닥치는 대로 공격했습니다. 처음에 우리는 거의 맨손이었지만, 나중엔 폭탄과 무기를 제공받았습니다. 그러나 스패너로 철로의 나사를 풀고, 도끼로 전신주를 쓰러뜨리는 식으로도 많은 피해를 줄수 있었습니다. 적을 죽이는 데 꼭 탱크나 큰 대포가 필요한 건 아니었습니다."

나는 그의 손을 쳐다보았다. 자꾸만 그의 손으로 눈길이 쏠렸다. 그는 내 눈길을 느꼈던지 이렇게 말했다.

"전쟁을 잘못 생각하고 있는 사람이 많습니다. 총을 쥔 사람을 죽이는 것이 전쟁의 주된 목표가 아닙니다. 물론 전쟁으로 인해 많은 사람이 죽기는 합니다. 하지만 총을 가진 사람을 죽이는 건 무척 어렵고 위험하기도 합니다. 상대는 총을 가진 데다 훈련까지 받은 군인이었습니다. 게다가 그들도 우리만큼 겁에 질려 있어, 총을 쏘며

저항합니다.

그러나 탄약을 전선으로 운반하는 기차를 날려버리면, 탄약을 실어나를 운전병을 죽이면 전선의 군인들은 탄약이 없어 총을 쏘지 못할 겁니다. 식량과 따뜻한 옷을 운반하는 기차를 날려버리면, 총을 가진 군인들은 굶주리고 추위에 떨어 총을 제대로 쏘지 못할 겁니다. 탱크에 몸을 감춘 군인을 죽이기는 어렵습니다. 무지막지한 대포로 무장하고 단단한 철갑이 그들을 지켜주기 때문입니다. 하지만 석유를 실어 나르는 기차를 날려버리면, 탱크는 무용지물이 될 겁니다. 따라서 적의 강점이 아니라 취약점을 공격해야 합니다.

그럼 적은 기차와 다리, 역과 창고를 지키려고 애쓸 겁니다. 전선에서 총을 들고 싸울 군인이 그만큼 줄어들겠지요. 적의 병력에서 한 개 사단을 없앤 것과 같은 효과를 갖습니다. 빨치산의 역할이 그런 겁니다. 전투에 직접 가담해 싸우는 게 아니라, 적을 괴롭히거나 죽이고 적의 시설물을 파괴하는 겁니다.

내 집이 불탔을 때 나는 가까스로 살아나와 숲으로 도망쳤습니다. 그리고 운 좋게 빨치산을 만났습니다. 나는 그 빨치산 무리와 일 년 반을 함께 보냈습니다. 상당히 거칠게 살았고, 적을 야만스레 죽였습니다. 그때 나는 젊다못해 어렸지만 모든 걸 빨리 배웠습니다. 천부적인 빨치산인 듯했으니까요.

우리끼리는 성(姓)을 사용하지 않았습니다. 많은 이유가 있었지요. 가령 내가 사로잡히면 가족까지 체포돼 벌을 받을 수 있었으니까요.

하지만 대부분이 아예 성을 잊고 살았습니다. 가족을 상실한 상처로 인해 자기 성을 잊은 것처럼 사용하지 않았던 겁니다. 그래서 우리는 이름이나 별명, 때로는 가명을 사용했습니다. 바로 그게 문제입니다. 내게 너무도 소중했던 사람을 위한 패를 만들려고 하는데 성을 모르니까요. 그래도 이름만으로 패를 만들 수 있겠습니까?"

드문 일이긴 했다. 하지만 그렇게 못할 이유도 없지 않은가. 나는 그렇게 생각하며 고개를 끄덕였다. 그러자 그가 계속해 말했다.

"물론, 살아남을 가능성은 극히 희박했습니다. 그래서 우리는 거의 숨어 지냈습니다. 여름에는 먼지를 뒤집어썼고 가을에는 진창과 싸웠습니다. 겨울에는 그야말로 최악이었습니다. 눈이 내리니까요. 아무리 조심해도 흔적이 남았습니다. 모두가 두려워했습니다. 마을 사람들에게도 경계심을 늦추지 않았습니다. 언제라도 배신당할 수 있었으니까요. 우리는 적보다 더 강력하게 그들을 겁줘야 했지만 그럴 수는 없었습니다. 우리가 그들을 죽일 수는 없잖습니까. 그래서 적들은 우리를 추적해 왔고 결국 총격전이 벌어졌습니다. 우리는 이를 악물고 싸웠지만 적들에게는 우리보다 더 많은 탄약과 총, 심지어 탱크까지 있었습니다.

우리 모두가 그런 상황을 알았습니다. 하지만 누구도 영원히 살 생각은 하지 않았습니다. 우리는 '전쟁 후'에 대해서는 거의 언급하지 않았습니다. 그저 내가 죽기 전에 적을 하나라도 더 죽이겠다는 생각밖에 없었습니다. 우리 삶과 가정, 우리 희망과 가족을 파괴한 적이었습니다. 그래서 그들에게 혹독한 대가를 치르게 해주고 싶었습니다. 물론 이데올로기를 믿는 사람도 있었습니다. 또 인민위원회에서 파견한 러시아 인들이 우리에게 대의와 미래를 위해 싸우라고 설득하곤 했습니다. 하지만 내 생각에, 우리 대부분은 정상적인 삶과 직업과 가족을 갖겠다는 생각을 포기한 사람들이었습니다. 우리는 우리에게 허락된 시간을 최대한 활용하고 싶었을 뿐입니다.

나는 지금도 숲을 산책하지 않습니다. 그때 지겹게 숲속을 돌아다녔기 때문입니다. 언젠가 텔레비전에서 우연히 로빈 뭐시기, 로빈 후드였던가요? 하여간 그런 의적에 대한 영화를 잠깐 보다가 꺼버렸습니다. 그 의적들은 한결같이 피둥피둥 살이 찌고, 얼굴도 깨끗하고, 옷도 그럴 듯하게 입었더군요. 웃겼습니다. 나는 넉 달 동안 군화를 벗지 못한 적도 있었습니다. 우리는 꾸물꾸물 기어다니고, 얼굴 앞을 빙빙 날아다니는 벌레들로 들끓는 지역에서 지냈습니다. 온몸이 흙투성이였고, 이가 득시글거렸습니다. 언제라도 신속하게 도망갈 수 있어야 했으니까요."

그는 다시 말을 멈추었다. 침묵을 깨는 것이 항상 옳은 것은 아니라는 소중한 교훈을 나는 뼈저리게 배운 터였다. 당사자가 스스로 침묵을 깰 때까지 기다리는 편이 훨씬 나았다.

"나는 열일곱 살이었고, 사랑에 빠졌습니다. 사랑에 빠졌다는 말 이외에 달리 표현할 방법이 없습니다. 그녀는 나보다 두 살이 많았습니다. 내 고향보다 약간 북쪽인 듯했지만, 말투로 그렇게 짐작한

겁니다. 고향이 어디라고 내게 말해 주지 않았으니
까요. 갈색 눈동자와 갈색 머리카락……. 항상 베
레모를 쓰고 있었죠. 미소가 정말 예뻤고요. 그녀
는 대학생이었지만 공부를 계속할 상황이 아
니었습니다. 무슨 공부를 했는지도 모릅니
다. 여하튼 헬라라고 불렸습니다. 칼을 잘
다루었고 총 솜씨도 뛰어났습니다. 적
어도 일곱 명의 독일군을 직접 죽였습
니다. 폭탄으로 죽인 사람을 빼놓고도
요. 검문소나 다리에 있는 보초에게 미
소를 흘리고 엉덩이를 실룩거리고 다가
서면 보초는 말 그대로 무방비 상태가 됐습
니다.

언젠가 나를 포함해 남자 빨치산 셋이 다리를 정찰하던 중에 독일
군 넷에게 생포됐습니다. 그때 우리는 순진한 민간인처럼 보이려고
무기도 갖고 있지 않았습니다. 우리는 철도 신호함을 빙 두른 조그
만 나무 울타리로 끌려갔습니다. 우리는 길을 잃은 농부처럼 행동했
지만 그들은 우리를 어떻게 처리해야 할지 명령을 기다리는 듯했습
니다. 그때 헬라가 울타리 쪽으로 걸어오더니 울타리 너머로 수류탄
을 던졌습니다. 그 틈에 우리는 독일군 둘을 제압하고 총을 빼앗아
탈출할 수 있었습니다.

그후 어느 날 나는 또 생포당했습니다. 아니, 우리 대부분이 생포 당했습니다. 우리 운명을 하늘에 맡기는 수밖에 없었습니다. 독일군 이 우리를 어떻게 처치할지 전혀 몰랐습니다. 그들은 때로는 모두를 사형시켰고, 때로는 모두를 불태워 죽였습니다. 그런데 때로는 몇 명만 골라 사형시키기도 했고, 때로는 모두를 강제노동소에 보냈습 니다. 따라서 예측하기 힘들었습니다. 물론 당시에는 그런 사정을 정확히 몰랐지만, 나중에 책을 읽고 알았습니다. 한마디로 혼란스럽 기 그지없었습니다.

그런데 헬라가 사형을 당했습니다. 그들은 우리 중 몇 명을 꼽아 일렬로 세워놓고 총살시켰습니다. 나머지 사람들, 열 명쯤 됐을까 요? 하여간 나머지 사람들은 그들이 총살당하는 걸 지켜봐야 했습 니다. 그리고 트럭에 실려, 그리 멀리 떨어지지 않은 강제수용소로 끌려갔습니다. 우리도 곧 사형당할 거라고 생각했습니다. 하지만 우 리는 실컷 두들겨 맞으면서 참호를 파야 했습니다. 힘들고 추웠습니 다. 겨울이었으니까요. 포격 소리가 점점 가까워지더군요. 그래서 전선이 좁혀진다는 걸 알았습니다.

그러던 어느 날 아침, 우리는 줄을 맞춰 서쪽으로 행군했습니다. 해 방의 가능성이 점점 멀어진다는 걸 직감했습니다. 그래서 우리는 일 부러 늑장을 부리며 탈출할 기회를 엿보았습니다. 그러자 독일군들 은 초조한 표정을 감추지 못하고, 조금이라도 비틀대는 사람을 그 자 리에서 쏘아 죽이며 발걸음을 재촉했습니다. 하지만 그때 나는 잃을

게 없었습니다. 랍비님, 그런 상황에서 우리가 무슨 생각을 했겠습니까? 내 나이가 열일곱에 불과했지만, 앞날이라도 생각했겠습니까?

해가 저물어갈 쯤에 나는 행렬에서 빠져나와, 숲 쪽으로 비탈진 길을 마구 달렸습니다. 그들이 나를 봤고 총을 쏘아댔습니다. 그런 걸 불행 중 다행이라 하나요? 총알이 내 손가락을 때렸습니다. 갑자기 격렬한 통증이 밀려왔고, 총알의 힘에 밀려 나는 쓰러지고 말았습니다. 눈밭이었죠. 내 머리 바로 옆에, 내 손에서 떨어져 나간 손가락이 있더군요. 피가 철철 흘렀습니다. 멀리에서 보면 내 머리에서 피가 흐르는 걸로 보였을 겁니다. 다행히 누구도 비탈길을 내려와 살펴보지 않았습니다. 그들은 그렇게 나를 남겨두고 행군을 계속했습니다. 확인 사살도 하지 않았고요. 하기야 그때쯤 그들은 탄약도 부족했습니다.

차가운 눈 덕분에 피가 조금씩 멈췄습니다. 나는 오른손으로 옷을 찢어 왼손을 꽁꽁 묶었습니다. 그리고 한동안 눈 밑에 숨어 기다렸습니다. 마침내 소련군의 트럭과 군인들이 행군해 오는 소리가 들렸습니다. 나는 두 손을 들고 눈밭에서 걸어 나왔습니다.

그후의 이야기는 별로 중요하지 않습니다. 나는 마침내 해방을 맞았습니다. 나는 그들에게 빨치산이라고 말했고, 인민위원이 묻는 질문에 정확히 대답할 수 있었습니다. 일종의 심문이었던 셈이죠. 나는 추위에 떨고 굶주려 약해질 대로 약해진 상태였습니다. 그래서 야전병원에 후송됐고, 그곳에서 며칠 동안 열병을 앓았습니다. 하지만 전쟁은 그후로도 계속됐습니다. 나는 특별히 갈 데가 없었습니다. 그래서 여기에 온 겁니다.

그런데 세상 어디에도 헬라의 흔적이 없다는 사실이 문득 생각났습니다. 서류도 없고, 가족도 없습니다. 무덤조차 없습니다. 그래서 헬라를 위해 패를 사야겠다고 생각한 겁니다. 헬라는 내 첫사랑이었고, 나를 도와주었으며, 내 목숨을 구해 주었습니다. 헬라에게 내 목숨을 빚졌다는 생각마저 들었습니다. 하지만 성도 모르고 히브리 이름도 모릅니다. 언제 태어났는지도 모릅니다. 그런데도 패를 만들 수 있을까요?"

헬라의 패는 우리 회당 벽에서 한 자리를 차지하고 있다. 세 번째 줄, 밑에서 네 번째에. '헬라, 1944년 사망'이라 쓰여 있을 뿐이다. 그러나 그녀가 살았다는 걸 누군가 기억하고, 그녀가 죽은 걸 누군가 슬퍼한다는 증거이다. 그 정도이면 충분하지 않은가.

그래서 그는 정원 일을 싫어했다

카민스키는 잔병이 많아 병
원을 자주 들락거렸다. 그런데 병이 있는지 확인하고 적절한 치료방
법을 찾을 때보다 본격적으로 치료할 때가 되자 병원을 점점 멀리했
다. 그래서 11월 초 어느 날 오후, 나는 비서 데비에게 외출한다고
말해 두고, 카민스키를 보러 갔다.

카민스키 부부는 빅토리아풍의 큰 집에서 살았다. 진입로에는 좌
우로 나무가 우거지고, 높다란 월계수가 숲을 이룬 널찍한 정원까지
딸린 집이었다. 맑고 화창한 가을이었다.

시지 카민스키와 내가 아늑한 온실에 자리를 잡고 앉자 마샤 카민
스키가 차와 커스터드 크림 비스킷을 갖고 나왔다. 온실 너머의 정

원 뒤쪽에서는 정원사가 죽은 나무들을 뽑아내고 있었다. 한쪽 구석에는 낙엽과 잔가지를 모아놓고 불을 지펴 푸른 연기가 모락모락 피어올랐다. 유리 너머로도 탁탁거리는 소리가 들려왔다.

신도를 방문해 이런 상황을 맞으면, 어디서부터 어떻게 이야기를 시작해야 할지 난감할 때가 종종 있다. 나는 비스킷을 집어 들며 조심스레 말문을 꺼냈다.

"정말 아름다운 정원입니다. 직접 정원 관리를 하십니까?"

시지는 등의자가 뻐걱거릴 정도로 등을 기대며 대답했다.

"아니요. 나는 정원 관리를 좋아하지 않아요. 정원 관리라면 솔직히 치가 떨립니다. 그냥 정원이 좋을 뿐입니다. 그래서 필요할 때마다 정원을 대신 손질해 줄 사람을 부릅니다."

내 회당의 많은 신도와 마찬가지로 그의 억양에도 유럽 대륙의 냄새가 살짝 풍겼지만 그의 영어는 완벽했다. 그는 잠시 뜸을 들인 후 다시 말했다.

"랍비님, 내 건강이 상당히 좋지 않아 요즘에는 진통제도 별 효과가 없습니다. 그 때문인지, 남겨두고 싶은 말이 많습니다. 이런 질문을 해도 될지 모르겠습니다만, 랍비님은 언제 어머니를 마지막으로 뵈었습니까?"

나는 약간 당혹스러웠다. 하지만 지난 주말에도 어머니를 만났다고 대답했다.

"그랬군요. 내가 어머니를 마지막으로 본 때를 말씀드리겠습니다. 어머니와 우리 형제는 같은 수용소에서 지냈습니다. 아주 작고 보잘것없는 수용소였습니다. 아마 그런 수용소가 있었는지도 모르는 사람이 많을 겁니다. 우리는 강제노동에 동원됐고, 거기에서 헤어지고 말았습니다.

그때가 1945년 2월이었습니다. 독일군들의 표정이 어두웠습니다. 우리도 러시아 군이 전진해 온다는 걸 알았습니다. 나는 수용소 가장자리에 집단 무덤을 파는 임무를 맡은 작업반 반장이었습니다. 우리가 딱딱하게 얼어붙은 땅을 파고 거기에서 시신을 끌어내 차곡차곡 쌓아놓으면, 다른 작업반이 그 시신 더미에 휘발유를 붓고 불을 붙였습니다. 타고 남은 재는 사방에 뿌렸습니다. 하지만 바람이 없어 재가 멀리 날아가지 않는 날에는, 다시 땅을 파서 재를 묻기도 했습니다. 무섭고 끔찍한 일이었습니다. 그 일을 끝냈을 때 우리에게 닥칠 운명을 알고 있었으니까요.

그런데 두 번째 웅덩이를 팔 때 세 겹쯤 아래에서 어머니의 시신을 봤습니다. 머리카락으로 어머니를 알아볼 수 있었습니다. 그때 우리 모두가 머리를 박박 밀지는 않았으니까요. 또 귀의 모양과 여동생이 어머니에게 만들어준 실 목걸이로도 어머니를 알아볼 수 있었습니다."

그는 말을 멈추고 정원사를 쳐다보았다. 온실 안에는 적막감이 흘렀다.

"어머니는 수백 명 중 한 명에 불과했습니다. 나는 어머니를 위해 아무것도 할 수 없었습니다. 그저 어머니를 끌어내 시신 더미에 쌓는 수밖에요. 그리고 다시 다른 시신을 끌어냈습니다. 어머니에게 눈길조차 줄 수 없었습니다. 산더미처럼 쌓인 시신들을 끌어냈을 뿐입니다. 눈물조차 나지 않았습니다. 웅덩이 옆에서는 시신이 불타는 소리가 속절없이 들렸습니다. 휘발유에 타는 시신 냄새가 사방을 뒤덮었습니다……

나는 탈출을 시도했습니다. 랍비님, 나는 많은 걸 또렷이 기억하지만, 전혀 기억나지 않는 것도 있습니다. 여하튼 그때 이상하게도 어머니의 목소리가 들렸습니다. 어머니가 나를 부르는 소리였습니다. 나는 삽을 잡고 웅덩이에서 빠져나와 숲으로 걸어갔습니다. 할 일이 있는 척하면서요. 거기에 움푹한 도랑이 있더군요. 나는 거기로 뛰어내려 마구 달렸습니다. 그후로는 기억나지 않지만, 이튿날 아침쯤엔 수용소에서 멀찌감치 떨어질 수 있었습니다. 운이 좋았던지 나는 얼어 죽지 않고 살아남았습니다. 다른 작업반원들은 모두 죽었겠지만……

그후 나는 연합군을 만났습니다. 그들은 친절했습니다. 그후의 일은 별로 중요하지 않습니다. 아팠다는 기억밖에 없습니다. 당시 나는 열일곱 살 어린애에 불과했습니다. 하지만 어머니는 나라도 살아남길 바랐던 겁니다. 그래서 강해지기로 결심했습니다. 나는 영국으로 보내졌고, 지금까지 여기에 살고 있습니다. 나는 이제 할아버지가 됐습니다. 내 손녀가 벌써 두 살이군요. 그 도랑을 따라 죽자고 뛰었던 보람이 있었던 셈입니다. 하지만 그날 이후로 나는 다시 땅을 파는 일은 하고 싶지 않았습니다. 모닥불이 타는 소리를 듣는 것도 힘들고, 연기만 봐도 속이 울렁거립니다. 설령 에덴동산에 가더라도 나는 연장을 잡지 않을 겁니다. 하지만 여기 정원은 좋습니다. 내가 무엇을 참고 견디어야 하는지 가르쳐준 곳이니까요."

내 차가 차갑게 식어 있었다. 접시에 놓인 비스킷은 눅눅해졌다. 나는 말없이 앉아 밖을 내다보았다. 모닥불이 탁탁거렸다. 다시 낙엽을 쏟아 붓자 불길이 크게 타올랐다.

"10년 전, 아니 11년 전 나는 그곳을 다녀왔습니다. 그저 둘러보기만 하려고요. 마샤도 함께 갔습니다. 마샤가 없으면 나는 그곳을 쳐다보지도 못할 것 같았으니까요. 물론 마샤에게도 사연이 있습니다. 하지만 그 이야기는 나중에 하도록 하지요. 하여간 나는 그곳에 다시 갔습니다. 솔직히 그곳에 갈 때도 망설여졌고, 무얼 찾아야 하는지도 확신할 수 없었습니다."

그가 말을 멈추지 못하게 하려고 나는 서둘러 물었다.

"그래서 무얼 찾았습니까?"

"아무것도……. 아무것도 찾지 못했습니다. 간판도 팻말도 기념물도 없었습니다. 그곳에는 집들이 들어서 있더군요, 랍비님. 집들과 작은 공장 하나와 길 하나가 전부였습니다. 처음엔 내가 잘못 찾아간 줄 알았습니다. 그래서 역까지 돌아가 그때 그 길을 다시 걸으면서, 눈에 익은 곳을 찾았지요. 나지막한 언덕은 그대로 있었습니다. 큰길도 그대로 있었고요. 하지만 다른 것들은 사라지고 없었습니다. 원래 아무것도 없었던 것처럼 완전히 자취를 감추었더군요. 수용소, 숲, 도랑…… 하나도 없었습니다.

그래서 나는 승용차를 빌리고 그곳을 잘 아는 운전기사를 구했습니다. 우리는 그에게 많은 걸 말하지는 않았습니다. 하지만 그는 우리가 어떤 이유가 있어 왔다는 걸 아는 듯했습니다. 우리가 옛날에 수용소였던 곳이 어디냐고 묻자, 그는 어깨를 으쓱하며 '어떤 수용소를 말씀하시는 겁니까? 여기엔 수용소가 없었습니다. 크라쿠프에 가셔야 합니다.'라고 말했습니다. 나는 아니라며, 여기에 수용소가 있었다고 말했습니다. 하지만 그걸로 끝이었습니다. 그래도 나는 그곳의 흙을 한 줌 가져왔습니다. 어머니의 무덤이 어디에 있는지도 모르고, 어머니의 재가 지금 어디에 있는지도 모릅니다. 하지만 그 흙은 그런 일이 있었던 곳의 일부였습니다. 그때의 기억으로 내가 가진 모든 것입니다.

이제 의사들이 나를 위해 어떤 조치도 취할 수 없다는 걸 나도 알고, 랍비님도 아십니다. 나는 늙었습니다. 이제 내 몸이 너무 지쳐서 쉬고 싶어 하는 것 같습니다. 내가 이 세상을 떠날 때, 그 흙을 내 관에 넣어주시면 고맙겠습니다. 그 흙봉지가 어디 있는지는 마샤가 압니다. 그렇게 해주시겠습니까?"

나는 말없이 고개를 끄덕이며 속으로 말했다. 물론, 물론입니다. 당연히 그렇게 해드려야지요.

나는 비스킷과 차를 남겨두고 일어섰다. 그리고 시지와 마샤 카민스키에게 공손히 작별인사를 했다. 마샤의 하얗고 자그마한 손, 핏줄이 선명히 드러난 손을 꼭 잡고, 후한 대접을 해줘 고맙다고 말했다. 그리고 사무실로 돌아왔다. 데비가 나를 올려다보며, 중요한 전화 두 통이 왔었다고 말했다. 그들에게 곧장 회신해 줄 수는 없었다. 먼저 화급하게 처리할 일이 있었다. 나는 문을 닫고 전화기를 들고 번호를 눌렀다.

"어머니세요? 아니에요, 아무 일도 없어요. 그냥 어머니가 어떠신가 해서 전화한 거예요."

인간이라는 야수

우리가 왜 그 구절을 읽었는지는 기억나지 않는다. 그러나 어떤 이유로 우리는 그날 초(超)종교 모임에서 〈시편〉 36편을 읽었다. 그후 한 사내가 내게 다가와 말했다.

"랍비님, 인간과 동물의 차이를 유대교에서는 어떻게 봅니까? 랍비님이 오늘 읽은 〈시편〉에 따르면 하느님은 둘 모두를 사랑하시는데요."

흥미로운 질문이었지만 간단히 대답하기는 쉽지 않은 질문이었다. 〈창세기〉에서 첫 번째 창조 이야기에 따르면, 하느님은 인간보다 동물을 먼저 창조하셨다. 또 두 번째 창조 이야기에 따르면, 하느님은 정원을 돌보고 동물을 다스릴 목적에서 인간을 창조하셨다. 따라서 인간과 동물은 모두 창조된 존재이지만, 둘 사이에는 뚜렷한 구분이 있고, 더 크게 말하면 계급이 있다.

모든 피조물은 '네페쉬', 즉 생명을 가지며, 개인적으로나 종(種)적으로 살아남으려는 본능과 충동을 갖기 때문에, 생존을 위해 필요한 경우엔 다른 생명체를 죽여 먹이로 삼는다. 인간만이 유일하게 하느님의 형상대로 창조돼 추상적으로 생각하고 언어를 구사하며 선악을 판단하는 능력을 갖는다. 인간만이 '네샤마', 즉 개별적이고 고유한 영혼을 갖는다. 또한 인간은 새와 물고기와 벌레 등 다른 동물과 달리 영원히 존재하며, 대신 우리 행동에 대한 책임을 져야 한다. 나는 이런 관점에서 이야기를 시작했고, 그는 점잖게 들었다.

많은 사람들이 애지중지하던 강아지나 고양이가 어떤 식으로든 사후 세계에서 그들을 기다릴 거라고 확신한다. 그러나 이 땅에서 죽은 모기나 달팽이, 또 스테이크로 구워 먹었던 암소나, 다리를 맛있게 먹었던 닭을 만나고 싶어 할 사람은 없을 것이다. 엄청난 모순이 아닐 수 없다. 동물에게도 영혼이 있다고 믿으면서 어떻게 그들의 살코기를 먹을 수 있을까? 불교는 이 문제를 무척 진지하게 받아들이며, 모든 생명체를 똑같은 차원에 놓는다. 요컨대 한낱 미물의 생명도 인간의 생명만큼 중요하다는 뜻이다.

옛날에 하느님은 유대인들에게 전쟁 중이 아니라면 살인하지 말라고 명령하셨지만, 동물을 죽이고 희생시키며 먹을거리로 삼는 것은 허용하셨다. 심지어 유월절에는 양을 죽이고 먹는 것은 종교적 명령이기도 하다. 따라서 하느님은 계급 구조에서 동물을 인간의 밑에 두신 게 틀림없다. 노아는 일부 동물을 구했지만, 오로지 그들을 생존시키기 위한 것만은 아니었다. 나중에 그들을 잡아 먹을 목적이 더 컸다.

초종교 모임에서 학식이 깊고 열린 마음을 가진 사람을 만나면 나는 흥미로운 대화를 이어갔다. 그러나 항상 그런 대화가 가능했던 것은 아니다. 꽉 막힌 자기 확신에 빠진 사람과 갑갑한 토론을 벌여야 하는 때도 있었고, 심지어 유대인에게도 성경이 있느냐고 묻는 사람에게는 그 증거까지 보여야 할 때도 있었다.

그가 말했다.

"하느님이 인간에게 유용하도록 그렇게 많은 피조물을 말 못하고 유순하게 만들어 천만다행이지 않나요? 동물들은 그저 풀밭에서 서성대며 풀을 뜯고, 우리에게 젖을 주고, 나중에는 살코기까지 주니까요. 집에서 기르는 날짐승은 부스러기를 쪼아 먹고, 아직 태어나지도 않은 어린 것, 즉 알을 우리에게 매일 주면서도 한마디도 불평하지 않습니다. 심지어 우리는 어린 양을 죽여 먹기도 하지만, 양들은 여전히 풀을 뜯고 우리가 털을 깎아주기를 바랍니다. 또 황소와 말은 우리를 위해 마차를 끌고 밭을 갈지만, 때맞춰 먹을 것을 주기만 하면 행복해 합니다. 그런 피조물들이 없어도 우리가 존재할 수 있을까요? 여하튼 우리는 짐승과 다르지 않나요?"

"나도 그러기를 바랍니다. 물론, 어떤 관점에 따르면 우리는 천사와 짐승의 중간쯤인 존재입니다. 완전한 천사는 아니지만 짐승과는 많이 다르다는 뜻이겠죠. 어쨌든 무수한 종류의 짐승이 있습니다. 모양과 크기와 색이 무척 다양합니다. 동물원을 보십시오!"

"그러긴 싫습니다!"

그의 강한 반응에 나는 깜짝 놀랐다. 그는 동물원에는 흥미조차 없다고 말했다. 상당히 희한한 사람이었다. 그래서 기억나지는 않지만 나는 뭐라고 말하고는 그 이유가 뭐냐고 물었다.

"어렸을 때 독일에서 자랐습니다. 아버지는 전쟁터에서 돌아가셨습니다. 어느 날 어머니가 나를 동물원에 데려갔습니다. 그 날이 아직도 생생히 기억납니다. 토요일이었습니다. 어머니는 마침 일하지 않아서, 우리는 전차를 타고 동물원에 갔습니다. 흥미진진할 것만 같았습니다. 우리는 줄을 서야 했고, 마침내 커다란 문을 지났습니다. 지금도 내 눈에는 그 문이 훤히 보이는 듯합니다."

그는 잠시 뜸을 들이고는 다시 말했다.

"그때는 지금의 동물원과 많이 달랐습니다. 동물도 별로 없었고, 아이스크림이나 예쁜 우편엽서도 많지 않았습니다. 하지만 어린 꼬마였던 나에게는 모든 것이 신기하고 재밌게 보였습니다. 넉넉하게 살지 못했던 때였으니까요. 곰이 있었고, 사자도 여러 마리가 있었습니다. 사자가 으르렁거리는 소리를 듣고는 개구쟁이를 잡아먹는다는 이야기가 생각나서 어머니의 손을 꽉 잡은 게 지금도 기억나는 군요.

모퉁이를 돌아가니 커다란 새장과 집 한 채가 있었습니다. 원래는 큰 동물을 가둬두었던 곳이라고 했습니다. 호랑이였을지도 모르죠. 새장 주변에는 몇몇 아이들, 또 어른들도 있었습니다. 왁자지껄한 소리가 들려서, 우리도 무슨 일인지 보려고 새장 쪽으로 달려갔습니다. 어머니는 먹이를 줄 시간이 됐거나, 누군가 새장을 청소해서 볼 거리가 있을 거라고 생각했던 것 같습니다. 여하튼 어머니는 나를 끌고 새장 쪽으로 갔고, 우리는 새장을 들여다보았습니다.

어머니는 큰 충격을 받은 듯 얼굴이 하얘졌고 숨조차 제대로 쉬지 못했습니다. 어머니는 주변에서 고함을 지르던 사람을 나무랐고 언쟁을 벌였습니다. 그러고는 나를 끌고 나왔습니다. 우리는 동물원에서 오래 있지 않았습니다. 동물원을 나와서도 어머니는 시무룩한 얼굴을 풀지 않았고, 곧바로 집으로 돌아왔습니다. 나는 펭귄을 보고 싶었기 때문에 떼를 썼지만 소용이 없었습니다. 출입문 앞에서 펭귄을 선전하는 커다란 광고판을 봤거든요. 결국 나는 집에 돌아와 남극에서 펭귄들과 함께 서 있는 용감한 탐험가들의 그림으로 만족할 수밖에 없었습니다. 나는 펭귄을 보지 못해 화가 나고 실망이 컸습니다. 그래서 전차에서 화를 내면서 어머니를 괴롭혔던 모양입니다. 흔히 아이들이 그러잖습니까. 그런데 어머니가 나를 심하게 꾸중하셨습니다."

그는 잠시 말을 멈추고 기억을 더듬었다. 그리고 울적한 기분을 떨쳐내려는 듯 물에 젖은 개처럼 몸을 부르르 떨었다.

"그 새장 안에는 사람들이 있었습니다. 분명히 그렇게 기억합니다. 그들의 표정까지 기억할 수 있습니다. 예닐곱 명쯤 됐을 겁니다. 모두 줄무늬 잠옷을 입고 있었고요. 당시 내가 집에서 입던 잠옷과 비슷했습니다. 더러웠고, 굶주림에 지친 모습이기도 했습니다. 한 사람을 제외하곤 모두가 구석에 쪼그려 앉아 있었습니다. 그런데 한 사람은 창살 근처에 서서, 새장 안을 들여다보는 사람들을 내다보았습니다. 나중에야 알았지만 그들은 강제노역자들이었습니다. 동양 어딘가에서 끌려온 사람들이었지요. 대부분의 남자들이 군대에 끌려가 동물원에서 일하는 노동자도 필요했던 겁니다. 짐승들에게 먹이도 줘야 했고, 똥도 치워야 했으니까요. 그래서 동물원에서 힘든 일을 도맡아 해줄 강제노동자들이 동물원에도 할당된 것이었습니다. 그런데 그들이 새장에 갇혀 있었던 겁니다.

지금도 그 모습이 눈에 선합니다. 창살 근처에 서 있던 사람은 우리를 뚫어지게 쳐다보았고, 우리는 그를 짐승처럼 쳐다보았습니다. 나는 펭귄을 보지 못했지만 그 이후로는 동물들이 창살 뒤에 갇힌 곳을 가고 싶지 않았습니다."

나는 할 말이 별로 없었다. 그저 그가 다시 말하기를 기다릴 뿐이었다.

"정말 궁금합니다. 하느님이 정말로 인간과 동물을 똑같이 사랑하는지. 그때······ 어리긴 했지만, 사람을 짐승처럼 다루는 사람들이 있다는 걸 알았기 때문입니다. 사람을 새장에 가두다니, 문자 그대로 사람을 동물처럼 다룬 게 아니겠습니까. 또 그들에게 손가락질하며 웃고 돌을 던지는 사람들도 있었으니까요. 그때는 내가 어려 완전히 이해하지는 못했지만, 사람을 짐승처럼 다루는 사람들은 짐승을 죽이듯이 사람을 죽일 거라고 생각했습니다. 그들은 사람과 짐승을 구분하지 않을 테니까요. 하느님이 짐승과 사람을 애초부터 구분했다면 어떻게 됐을까요?"

인간의 유약하고 어리석으며 잔혹한 면이 고스란히 드러난 이야기였다. 그렇다고 이런 이야기가 끝난 것도 아니다.

그는 생각에 잠긴 표정으로 말했다.

"나는 한참 후에야 펭귄을 보았습니다. 진짜 펭귄이 아니라, 영화에서요. 그때서야 모든 것이 하얗고 깨끗하며 순결한 세상에서 펭귄이 산다는 걸 알았습니다. 그후 나는 천국의 모습이 그럴 거라고 생각했습니다. 하얗고 깨끗하고 순결한 곳이며, 훤히 트인 공간일 거라고. 펭귄은 인간이 눈에 띄지 않는 곳에 살았습니다."

유대인은 누구인가

　우리에게 유대인은 완전히 다른 두 얼굴을 가진 민족으로 비춰진다. 먼저, 이스라엘과 팔레스타인의 분쟁을 보면 이스라엘 민족인 유대인은 팔레스타인의 민간인마저 무자비하게 학살하는 호전적인 민족이다. 하기야 《성경》에서 보면 유대인의 역사는 끝없는 전쟁의 역사였다. 또한 중동의 한복판에서 아랍인들에게 둘러싸여 자신들의 땅을 지키려면 호전적으로 변하고, 때로는 잔혹한 면을 드러내야 했을지도 모르겠다. 하지만 적어도 화합과 양보를 할 줄 모르는 것만은 확실한 듯하다. 물론 아랍의 위협 때문이란 구실이 있지만, 세계 여론을 보면 이스라엘에 편협한 것만은 확실하다.

　반면에 유대인은 선망의 대상이다. 다른 민족보다 유대인에 관련된 책이 많은 것이 그 증거이다. 유대인이 세계를 움직인다는 속설 때문인 듯하다. 따라서 유대인에게 배워서 성공하자는 책들은 아랍권을 제외하면 어느 나라에나 있다. 물질적 성공이 성공의 모든 것으로 여겨지는 사회에서 이런 흐름은 당연하게도 여겨진다. 하지만 유대인의 인성 교육이란 책도 눈에 띈다. 이스라엘에서 보듯이, 결국에는 화합과 양보를 모르는 사람들에게 무슨 인성을 배울 수 있을까?

이 책에서 그 해답을 얻을 수 있는 듯하다. 다른 랍비는 몰라도 이 책을 쓴 랍비는 우리 주변의 신부나 목사처럼 엄숙하지 않다. 일이 많다고 불평도 하고, 교활한 모습까지 숨김 없이 드러낸다. 또 이 책에 등장하는 유대인들은 우리가 흔히 알고 있는 것처럼 부자도 아니다. 우리와 똑같이 환상을 품고, 옛 기억에 매몰돼 살아가는 사람들이다. 그들도 특별하지는 않다. 우리와 똑같은 유약한 인간이다.

이 책은 특별한 교훈을 주려고 쓰인 책이 아니다. 그저 삶에 대한 이야기를 나열하고 있을 뿐이다. 하지만 어떤 책이나 읽는 사람의 관점에서는 주옥 같은 보물로 변할 수 있다. 모두 28편의 이야기가 나름대로 교훈을 담고 있다. 결코 가볍지 않은 교훈이다. 진득하다고나 할까? 적어도 내게는 그런 교훈을 주었다. 첫 이야기인 〈성인식을 치른 노인〉에서 마지막 이야기인 〈인간이라는 야수〉까지 지금까지 살아온 삶을 돌이켜보게 만든다.

충주에서
강주헌

랍비 발터,
아주 특별한 인생을 만나다

초판 1쇄 인쇄 2009년 4월 10일
초판 1쇄 발행 2009년 4월 20일

지은이 | 발터 로트실드
옮긴이 | 강주헌
펴낸이 | 한 순 이희섭
펴낸곳 | 나무생각
편집 | 정지현 이은주
디자인 | 노은주
마케팅 | 나성원 김종문
관리 | 김훈례

출판등록 | 1998년 4월 14일 제13-529호
주소 | 서울특별시 마포구 서교동 475-39 1F
전화 | 02-334-3339, 3308, 3361
팩스 | 02-334-3318
이메일 | tree3339@hanmail.net
홈페이지 | www.namubook.co.kr

ISBN 978-89-5937-166-2 03850